青空に指跡をつけて

左川ちか

左川ちか

青空に指跡をつけて

川崎賢子

岩波書店

はじめに　新たなムーブメント——日英対訳詩集をひもときながら

左川ちかは、二五歳の誕生日を迎えることなく早逝した。数年間の短い詩人としての生活のあいだに九十篇にもみたない詩を残しただけで逝ってしまった。何年か前まで、いくつかのアンソロジーへの収録と、稀覯《きこう》本となった詩集、一般の書店にはほとんど流通していなかった影印版《えいいんばん》資料集成などでのみ、読者を得ていた詩人である。風向きが変わり始めたのは、日本の外部から、翻訳によってだった。

中保《なかやす》佐和子による『The Collected Poems of Chika Sagawa』(Ann Arbor, Canarium Books, 2015)は、PEN Award for Poetry in Translation を受賞し、島田龍によれば、欧米(英語・ガリシア語)、南米(チリ=スペイン語)、イスラム圏などでの翻訳があいついだという。[1] ジョージア語、ミャンマー語、韓国語、オランダ語による訳出も試みられている。英語からの重訳ではない翻訳の計画もあるかに聞く。

その風圧に押されるように、この二年ほどのあいだに、『左川ちか全集』(島田龍編、書肆侃侃房、二〇二二年四月)、『対訳　左川ちか選詩集』(菊地利奈編、菊地+キャロル・ヘイズ訳、思潮社、二〇二三年三月)、『左川ちか詩集』(川崎賢子編、岩波文庫、二〇二三年九月)などの新たなテクストに加えて、『左川ちか　モダニズム詩の明星』(川村湊・島田龍責任編集、河出書房新社、二〇二三年一〇月)、『左川ちか論集成』(川村湊・島田龍編、藤田印刷エクセレントブックス、二〇二三年一一月)などの関連書籍も上梓されている。北海道立文学館において「特別展　左川ちか——黒衣の明星」も二〇二三年一一月一八日から二〇二四年一月二一日にかけて開催された。閉ざされ、囲い込まれ、神話化されてきた左川ちかのテクストがひらかれ、複数性のなかで読まれる時がやってきた。

彼女自身が翻訳者として出発した。その過程で、彼女はペンネーム「左川ちか」と名乗る詩人となった。

翻訳者として出発した左川ちかが、翻訳によって海外で発見され、日本でも再評価を受け、対訳詩集の形で読まれるようになったことは、左川ちかの詩の特質を考えるうえで、まことにふさわしい道を辿ったものと思われる。文字通り、左川ちかは「翻訳をみずからの「詩法」とした」のであるから。近年の対訳・共訳という形式も、左川のテクストの多義性を浮かび上がらせる良い方法であった。

『対訳 左川ちか選詩集』には二四篇の詩篇をおさめ、栞《しおり》には左川ちか研究の先駆者である水田宗子《のりこ》、エリス俊子、松尾真由美が文章を寄せている。

同書の解説は、現代のポストコロニアリズム、ジェンダー・スタディーズの知見を参照しながら、次のように述べる。

生まれながらのモダニストと北園克衛《きたそのかつえ》が評した、左川の型にはまらない自由な精神と発想は、彼女のジェンダーとルーツに深く関係している。左川は、女性であり、かつ、北海道出身者であったことから、「大和文化」を軸として発展した「日本文学」の世界からはみ出した存在であり、当時の「詩壇」に属しようがなかった。左川は、二重の意味で周縁化された詩人だった。

対訳詩集の帯文には、「北海道というポストコロニアル的周縁を生き」という文言もある。左川ちかの生涯に大きな影響を与えた「伊藤整が「(文壇の)主流」からはみ出しているというコンプレックスを生涯抱いたのに対し、左川はそのような苦しみにとらわれることはなかった」のである。たしかに左川の詩には自己憐憫やルサンチマンへの拘泥がなく、乾いた抒情と躍動感、スケールの大きな生命感覚がいきづいている。若くして病に倒れたことも、衰弱の相としてあらわれるよりは、言葉の可能性を追求してやまない強度として詩に刻み込まれている。現代の若い読者を獲得しつつある左川ちかの詩の秘密は、そんなところにもある。左川ちかは読者の安直な決めつけを裏切る詩人である。

創作に先立って翻訳家であり、翻訳を内包したオリジナルな詩人であった左川ちかについて、対訳詩集は次のように解説する。ジェイムズ・ジョイスの詩集『Chamber Music』(London, Elkin Mathews, 1907)の全訳『室楽』において「原作の韻を放棄し、散文詩形式で訳すなど、大胆で独創的なアプローチをとった左川にとって翻訳と創作の境界は曖昧だった。左川は、日本語と英語の境界を自由に行き来しながら、翻訳を含む創作活動を続けた」。その過程で「通常の日本語表現をディコンストラクト」するような実験も行われたと指摘する。とりわけ、翻訳の過程で「肉体的感覚と視覚的要素」が攫み直されているという指摘は大変興味深い。モダニズム詩の可能性とともに、翻訳の可能性をも発見させられる。

また、左川は詩人としての短い生のあいだに、自作を次々に改稿して発表したことでも知られる。ただひとつの正しいテクストや、完成稿を求めてというよりも、書き換えられるそのつど新たな相貌をみせるモチーフ、イメージの語られ方の複数の選択肢が示されているようだ。

この点について対訳詩集は、次のような見解を示している。「左川の詩には改作改題された作品が数多くみられる。この事実を「定本が定まらない」とネガティブに受け止めるのではなく、左川が私たち読者に残してくれた多層な読み方の提示だと受け止め、それらのバリエーションを積極的に取り入れた」と。「原詩が日本語であるからこそ言語構造上可能になる多義性を、英訳詩からも読み取ってもらえるのではないか」「日本語と英語、日本語によるヴァリアント、英訳のバリエーション、これらを流動し呼応させながら、読者のなかに新たなる詩世界が生まれること〔を〕願ってやまない」と解説は結ばれる。

筆者は、愛唱する詩がどのように英訳されるのか、それによって見え姿がどのように変わっていくのか、大いに触発されながら読んだ。

たとえば「昆虫」という詩の冒頭、「昆虫が電流のやうな速度で繁殖した。／地殻の腫物をなめつくした。」という詩行で「昆虫」は、「Beetles」と訳されている。筆者はここは、もっとぶよぶよした青虫、芋虫のような虫の幼形のままの生殖と摂食行動をイメージしていた。対訳詩集では、ピカピカして硬い、おびただしい甲虫として訳されていて、翻訳とは解釈であると痛感する。菊地はオーストラリアのクリスマス・ビートルをイメージして翻訳したという。

また左川ちかは苛烈な一行で詩を結ぶことが多いのだが、詩篇「緑」の最後の一行「私は人に捨てられた」は、どのような「人」に捨てられたのか、捨てた主体への興味が尽きないところ、英訳では「I was abandoned」とさりげない。逆にこのあたり、左川ちかの発想を洗いなおすきっかけも与えられた。もしかしたら左川の詩の発想において、詩語の選択において、「ひと」がもし「(hu)man」であるなら、その性別が男性であるとされる英文においてはどう書かれうるか、あるいは、捨てた主体を「人」とも明らかにする必要のない英文の詩行の場合であればそれはどのように書かれうるのかなど、彼女の脳裏を去来するものはあったのではないかなどと、考えさせられるのである。

類想の詩篇である「海の天使」「海の捨子」は、それぞれ最後の一行が「私は海へ捨てられた」「私は海に捨てられた」と書き分けられており、対訳は「I was abandoned into the sea」「I was abandoned in the sea」と訳し分けられている。翻訳という技の大胆さと繊細さを、ふたつながら味わうことができる。

私見によれば左川ちかは、モダニズム詩と戦後現代詩とをつなぐ、現代詩の起源にも位置する詩人である。「翻訳」は左川にとって詩法に内在する「外部性」だった。「翻訳」によって同時代の日本語を脱構築し、時に直訳調の詩語を駆使して、モダンの時空を裂開している。その詩は二一世紀の読者にとっても新鮮である。対訳詩集は、左川の詩の秘密の鍵のいくつかを明かしてくれる。

これも左川ちかをめぐる新たなムーブメントのひとつである。

本書は筆者による以下の論考を大幅に加筆改稿して引用している。「左川ちか研究――攪乱される詩的生態系」『昭和文学研究』(二〇二三年九月号)、「ミッシングリンク再発見――プランゲ文庫のなかの左川ちか」(『左川ちか　モダニズム詩の明星』二〇二三年一〇月)、「〈書評〉「翻訳」を内包する詩とはどのようなものか　菊地利奈＋キャロル・ヘイズ訳『対訳 左川ちか選詩集 Selected Translations of Sagawa Chika's Poems』思潮社 2023」(『彦根論叢』二〇二四年三月号)。

目次

目　次

・左川ちかおよび他の詩人の詩、小文の引用にあたっては、原則として新字体を用い、仮名遣いは原典に従った。
・引用文において、原典のルビは原則としてそのまま採用したが、難読と思われる箇所に限定した場合がある。
・詩や小文の引用にルビを補足した場合は、亀甲括弧〔　〕で括った。ただし、島田龍編『左川ちか全集』（書肆侃侃房、二〇二二年）からの引用にあたっては、同書の編者ルビに従って、角括弧［　］で括った。
・引用文中における著者による補足・注記は亀甲括弧で括った。

第一章

年譜の行間から

第一節　左川ちか　あまりに短い生涯

左川ちか（一九一一―三六）の没後に刊行された詩集に付せられた年譜「左川ちか小伝」は、わずか十行、詩集の一ページを占めるに過ぎなかった。


明治四十四年二月十四日北海道余市町《よいち》に生る。本名川崎愛《かわさきちか》。幼時から虚弱で、四歳頃までは自由な歩行も困難な位だった。

昭和三年三月庁立小樽高等女学校を卒業。

同年八月上京、百田宗治《ももたそうじ》氏の知遇を得。

同六年春頃から腸間粘膜炎に罹《かか》り約一年間医薬に親しんだ。

同七年八月椎《しい》の木《き》社からジョイスの『室楽』を刊行。

同十年二月家庭教師として保坂家に就職。夏頃から腹部の疼痛に悩み始めた。

同年十月財団法人癌研究所附属康楽病院に入院、稲田龍吉博士の診療を受けた。

同年十二月廿七日本人の希望で退院。

同十一年一月七日午後八時世田ケ谷の自宅で死去。


現代の年譜作者は、この行間を埋めようと苦心している。家族のこと、失恋や友情、そして短い旅行、それから仕事、ここ数年で明らかにされたことは多い。それにしても、わずか二五年にも足りない生涯に、波瀾万丈の伝記が残されているわけではない。そして、伝記的な事実、家族のこと、恋と失恋といったことに還元して、詩の言葉から生気を奪いたくはない。森茉莉《もりまり》が少女の官能について語ったように、たとえ体験が乏しいか皆無であったとしても「予感というもの」はありうるのである。左川ちかは予感の詩人だった。

　左川ちかは、一九一一年二月一四日、北海道余市に生まれた。本名川崎愛。母川崎チヨ、異父兄昇、異父妹キクが彼女の家族で、ちかは父を知らない子どもだった。母方の祖父長左衛門は、越前（現・福井県）から北海道に渡って余市の地主となり、果樹園を所有していた。兄の昇は他人の土地を踏まずに小学校に通えたともいう。が、一九一七（大正六）年の第一次世界大戦後の相場に失敗し、没落の一途を辿った。川崎家はほとんどの土地を手放さざるを得なかった。

　ちかは幼少期には患いがちで、肺炎の予後が悪く四歳まで歩行も困難であったと伝えられる。生家の没落と母の再婚のためか、叔母に連れられ、余市を離れて中川郡本別村（現・本別町）に預けられて数年過ごし、本別の尋常小学校に入学した。

左川ちか（川村湊・島田龍責任編集『左川ちか　モダニズム詩の明星』河出書房新社，2023年より）

　複雑な影が投げかけられた家族のなかで、七歳年長の異父兄・昇は歌人でもあり、同郷の文学者・伊藤整の心をゆるした友でもあり、ちかのよき理解者であった。伊藤整『若い詩人の肖像』（新潮社、一九五六年）には、詩人の才能をまっさきに認めてくれた唯一の友として、川崎昇の面影が刻まれている。

彼のような若さで、彼のように静かに落ちついて、そして一言一言が人に与える感じを気にしながら物を言う人間を私は知らなかった。彼は話をする時は、自分のことでなく、私のことをたずね、私の気分を気にしながら物を言った。彼の言い方を聞いていると、私は、これまで誰にもいたわられなかったような形でこの男にいたわられている、というような感じがした。私は最初から彼に引きつけられたのだ。（『若い詩人の肖像』）

伊藤整の第一詩集『雪明りの路』（一九二六年）、第二詩集『冬夜』（一九三七年）には、川崎昇に捧げられた詩篇もおさめられている。「雪明りの道」という表題を考えていた伊藤に、「路」の表記のほうがいいと助言したのも川崎昇だった。

小学校卒業前に余市に戻った川崎愛は、一九二三年北海道庁立小樽高等女学校（現・小樽桜陽高等学校）に入学した。兄と母に学資を援助された。高等女学校の後輩には、宝塚歌劇団を経て女優となり、代表作『無法松の一生』（一九四三年）、移動演劇隊の活動時に広島で原爆投下に遭遇し帰らぬ人となった園井恵子（一九一三―四五）がいる。

伊藤整『若い詩人の肖像』のなかでは、詩集を出した主人公に、「兄に甘えるような調子」で、「ねえ、伊藤さん、私に、私たちに『雪明りの路』を下さらない？」とねだる少女が、「川崎愛子」の名で登場する。「私たち」とは、『雪明りの路』の主人公の（元）恋人「重田根見子」の妹と少女のことだった。つまり「川崎愛子」は小説のなかでは主人公の親友・川崎昇の妹であり、同時に（元）恋人の妹の親友だったのである。余市から小樽への、通学〈通勤〉列車で顔なじみという狭いコミュニティの人間関係でもあった。詩集『雪明りの路』を手にした「川崎愛子」は、小説の語り手「私」の心の波立ちを察するかのように、詩のモデルにされた娘が詩集を「見せて」とせがんだという情報を伝えた。無邪気なようでもあり、ませているようでもあり、彼の心をわざと騒がせて踏みこんでくるのだった。

川崎昇の妹の愛子は、その年十七歳で女学校の四年生になっていた。彼女は面長で目が細く、眼鏡をかけ、いつまでも少女のように胸が平べったく、制服に黒い木綿のストッキングをつけて、少し前屈みになって歩いた。〔略〕この少女は私を見つけると、十三歳の頃と同じような無邪気な態度で私のそばに寄って来た。私もまたこの女学生を自分の妹のように扱った。（『若い詩人の肖像』）

だが少女は、いつまでも「妹」扱いに甘んじてはいなかった。

川崎愛は、補習科師範部に進んで教員の資格を取得した。一九二八年、先に上京していた川崎昇、そして、伊藤整のあとを追って上京する。昇とともに異父兄妹で暮らした。

彼女は、伊藤整の指導と助言のもと、翻訳をはじめた。左川千賀名義である。一九二九年四月『文芸レビュー』一巻二号にモルナール・フェレンツ「髪の黒い男の話」を訳出したのが、最初である。モルナール（Molnár Ferenc、一八七八―一九五二）は、ハンガリー出身ユダヤ系の作家で、戯曲『リリオム』や、少年少女文学『パール街の少年たち』などで日本でも知られている。その後、オルダス・レナード・ハクスリー（Aldous Leonard Huxley、一八九四―一九六三）、アーネスト・ジョーンズ（Ernest Jones、一八七九―一九五八）、ノーマン・ベル・ゲッデス（Norman Bel Geddes、一八九三―一九五八）、ハリー・クロスビー(Harry Crosby、一八九八―一九二九)をあいついで翻訳した。一九三一年にはヴァージニア・ウルフ(Virginia Woolf、一八八二―一九四一)の「憑かれた家」「いかにそれは現代人を撃つか」を訳し、ジェイムズ・ジョイス(James Augustine Aloysius Joyce、一八八二―一九四一)の連作詩「室楽」の訳載をはじめた。左川ちか訳『室楽』は一九三二年八月椎《しい》の木社《き》より刊行され、これが、彼女の生前唯一の刊行本となった。西脇順三郎による「室内楽」(『ヂオイス詩集』第一書房、一九三三年)に先立つ訳業である。一九三二年以降は、ジョン・チーヴァー(John Cheever、一九一二―八二)、ミナ・ロイ(Mina Loy、一八八二―一九六六)など、より尖端的なテクストの翻訳を手がけている。

左川ちかを英訳した詩人の中保佐和子は、ペンネームの「左川」に「セーヌ左岸」に通じるイメージを読み取っている。小松瑛子はイデオロギーとしての「左」派をそこに読んでいる。左川ちかがいつかシルヴィア・ビーチのような書店を開きたいと夢を語ったことも伝えられている。シルヴィア・ビーチが開いた書店とは、セーヌ左岸のシェイクスピア・アンド・カンパニーであり、アメリカで発禁処分にあったジェイムズ・ジョイス『ユリシーズ』を刊行した書肆である。

第二節　翻訳文学から世界文学へ

こうして左川ちかは、翻訳と並行して、詩作をはじめた。百田宗治、北園克衛、春山行夫《ゆきお》らの知遇を得て、『椎の木』『詩と詩論』『文芸レビュー』『カイエ』『新文学研究』『マダム・ブランシュ』『新領土』『白紙』などに、詩と翻訳を発表した。編集の手伝いもした。

左川ちかの訳業は彼女の語学の天稟《てんぴん》をうかがわせる。
だがそれだけではない。没落し流動する階級、複雑な家族関係、そして北海道の周縁の地での成長といった条件は、左川ちかの文才を内地の文化伝統と切り離されたところで育んだ。菊地利奈編訳による『対訳 左川ちか選詩集』(1)には、北海道出身であり、女性である左川ちかは、「ポストコロニアル的周縁」を生き、女性としても周縁を生き、つまりは二重に周縁化された存在であったという指摘がある。中村和恵は「ジャズ、エロス、投げられるわたし――左川ちかのミナ・ロイ」(2)で、「入植者植民地の文学的実験」のなかに左川ちかを置いた。セトラー・コロニアリズムの文学である。そんなふうに文化資本が限られ周縁化されていた左川にとって、翻訳という選択肢は、わずかに残された文学修行の可能性であった。翻訳は彼女に詩法をもたらした。

ここでは一方に「日本におけるモダニズム文学とは、単なる西洋前衛文学の移入・受容に還元されるものではなく〔略〕「翻訳文学」の固有の性格と密接に関わるものとしてあった(3)」という視角も必要だろう。

左川ちかの出発が、翻訳であったことの意味、左川ちかの詩行に翻訳(直訳)体がちりばめられていることについては、坂東里美「左川ちかと翻訳」(『Contralto』三〇―三四号、二〇一一年九月―一五年五月)、島田龍「左川ちか翻訳考　一九三〇年代における詩人の翻訳と創作のあいだ――伊藤整、H・クロスビー、J・ジョイス、V・ウルフ、H・リード、ミナ・ロイを中心に」(『立命館文學』六七七号、二〇二二年三月)などでつとに問題視されてきた。

藤井貞和は、「日本近代詩が翻訳と向き合いながら育てられ、内破するようにして成長することを思うと、彼女の最初に世に問うたのが翻訳であることじたいに、悔いはなかったろう(4)」と述べる。

左川は、ジョイス『室楽』の「訳者附記」に、「原詩の韻を放棄し、比較的正しい散文調たらしめるにつとめた[5]」と、宣言している。藤井は「韻律は翻訳できない」「実際、彼女の『室楽』は「散文調」で書かれる。これを散文詩の発生にほかならないと見ぬきたい[6]」と付言している。

これに対して坂東里美は番号の振られた三六編の短い詩からなるジョイス『室楽』について、「簡単な音楽を付けて歌うのに適したエリザベス朝抒情詩風の書き方を採用」「わざと古い形式を採用」して、そこに「新しい文学の方法――引用やパロディ、皮肉等」を隠したものだと解説している[7]。その意味ではジョイスの意図的に採用した形式をも新しい散文詩に変えてしまった左川ちかの翻訳には、疑問が残ることになる。左川ちかの一年後に『ヂオイス詩集』を訳出し、「室内楽」を収めた西脇順三郎は、文語体に意を払っている。しかしながら先に指摘したように藤井貞和は、左川ちかの本格的な口語散文詩への志向を、驚きとともに高く評価した。『対訳 左川ちか選詩集』の翻訳・編者菊地利奈はその意味するところについて先に述べたように「大胆で独創的なアプローチ」であり、「翻訳と創作の境界は曖昧だった」「日本語と英語の境界を自由に行き来しながら、翻訳を含む創作活動を続けた」と考察している(「はじめに」参照)。

内地の文化伝統からの疎外、中央文壇からの遅れを、「外」の文学との翻訳を通じての往還が逆転していった。遅れは尖端へと転倒されたのである。

たとえば左川訳『室楽』の最終章である[8]。

私はきく、軍勢が国を襲撃し、膝のあたりに泡だてながら馬の水に飛び込む音を。傲然《ごうぜん》と、黒い甲冑を着て、彼等の背後に立ち、戦車の御者《ぎょしゃ》等は手綱を放し、鞭を打ちならしてゐる。

彼等は闇の奥へ高く名乗りをあげる。私は彼らの旋回する哄笑《〔こうしょう〕》を遠くできく時、睡眠の中で呻《〔うめ〕》く。
彼らは夢の暗闇を破る、一のまばゆい焔で、鉄床《かなしき》のやうに心臓の上で激しく音をうちならしながら。
彼らは勝ち誇り、長い緑の髪の毛をなびかせながら来る。彼らは海からやつて来る。そして海辺をわめき走る。私の心臓よ、そのやうに絶望して、もう睿智《〔えいち〕》を失つたのか？　私の恋人よ、恋人よ、恋人よ、なぜあなたは私を独り残して去つたのか？

これを西脇順三郎の訳[9]と比べてみよう。

軍勢が国へ攻めよせ来る音がする。
　飛びこむ馬の雷鳴、膝に泡立つ。
馬の後《うしろ》に、黒い甲冑をつけ、尊大に、
　手綱をも使はず、鞭を戦《〔おのの〕》かし、戦車を駆る者
　　が立つてゐる。
夜の中に名乗りの叫びがする。
　遠くうそぶく笑を聞いて我は眠りの中で歎く。
夢の暗闇は裂かれ、目をくらます火焰となり、

鉄床の上にガンガンたたく如く我が心の上を
　たたきつける。
彼等は長いみどりの頭髪を勝ちほこり震はせて
　来る。
海から来て海岸を叫んで走る。
我が心よ、かく失望するとは智慧を欠きたるか。
我が愛よ、我が愛よ、我が愛よ、なぜ汝は我
　を独りすてたのか。（西脇順三郎「室内楽」XXXVI）

菊地利奈はとくに最終連に注目する。「私の心臓よ、そのやうに絶望して」と、「あえて原詩の「my heart」を「我が心」（西脇訳）ではなく「私の心臓」と訳し、「絶望する心」という通常の日本語表現をディコンストラクトしている」[10]というのである。その嘆きには、「身体的な重みがあり、心臓を物理的につかまれたような苦しみがある。精神的苦痛だけではなく、そこから流れ出る血という肉体的感覚と視覚的要素」がある。そこに菊地は、左川の独自性を読む。

「私の心臓」は、異物化され、客体化されてもいよう。私の「心臓」は私の「睿智」によって統御できない。「私の心臓」は「私」から、「私」は「私の心臓」から、身体と精神は相互に疎外されているともいえる。

そうしてこの訳詩のなかの「心臓」という肉体的感覚と視覚的要素は、左川ちか自身の詩にも嵌入《かんにゅう》し、

連続している。

走れ！　私の心臓
球になつて　彼女の傍へ
そしてテイカツプの中を　（「緑色の透視」）

押しつぶされた葡萄の汁が
空気を染め、闇は空気に濡らされる。
蒼白い夕暮時に佇《たたず》んで
人々は重さうに心臓を乾してゐる。　（「葡萄の汚点」）

老人が背後で　われた心臓と太陽を歌ふ　（「Finale」部分）

樹木は青い血液をもつてゐるといふことを私は一度で信じてしまつた。彼らは予言者のやうな身振りで話すので。樹液は私たちの体のわづかばかりの皮膚や筋肉を染めるために手は腫れあがり、心臓は冷たく破れさうだ。　（「前奏曲」部分）

いずれの「心臓」もモノ化され、異物化され、外化されている。このような「心臓」についての語り方は、「my heart」を翻訳する行為のただなかからつかみとられ、左川の方法ともなっている。

菊地は同じく『室楽』の「馬」「緑」「髪の毛」「海」といった詩語が「左川の独特な詩世界を築き上げる重要なモチーフ」[11]であることを指摘し、さらには、最終連の「なぜあなたは私を独り残して去つたのか?」という悲痛な叫びに、「私は人に捨てられた」(「緑」)や、「私は海へ捨てられた」(「海の天使」)、「私は海に捨てられた」(「海の捨子」)の詩行につらなるものを見出している。

西脇順三郎が

さらば、さらば、さらばよ。
小娘らしき日よ、さらば。
楽しき愛神は来たりぬ
汝と汝の小娘らしきことども　(「室内楽」XI)

と訳したくだりを、左川ちかは次のように訳している。

さようなら、さようなら、さようならをせよ、少女の日々へさようならをせよ。幸福な愛の神がおまへを求めるためにやつて来た。おまへの少女らしい様子を求めて　(『室楽』一一、部分)

翻訳者が、「〜をせよ」という命令形に躍動的な「私」をのぞかせて、「少女」を照らし出している。モダンガールに呼びかけるような文体である。翻訳者が語っている。

左川ちかが泉下の人となった時、西脇順三郎は追悼の辞を寄せた。「非常に女性でありながら理知的に透明な気品のある思考[12]」によって生命を得た詩人、という評価だった。『室楽』の翻訳と翻訳から出発した創作のいとなみを念頭においていたかもしれない。

坂東里美は、左川ちかが二一歳でジョイスの詩集『Chamber Music』(一九〇七年)を『室楽』(椎の木社)と訳した前後、「ジョイスに関する論文や翻訳が先を争うように発表されていた。ちかの翻訳の指導をしていた伊藤整も、ジョイスの本格的な紹介者の一人として、『ユリシーズ』の翻訳に取りかかっていた[13]」ことを指摘し、左川ちかのジョイス翻訳、そしてヴァージニア・ウルフの翻訳には、すくなからず、伊藤整による戦略がみてとれるとしている。

当時『室楽』を書評した本山茂也は「〈室楽〉を読んだ時に、私は、これはジョイスのあの〈ユリシイズ〉よりも面白いものではないかしらと思つた。Monologue interieur に依つて書かれた広汎なる、〈ユリシイズ〉も、〈室楽〉一篇に依つて表現されたジヨイス自身のまぎれもない人生の態度にその根を張つてゐるのではないかと思つたのである。／〈室楽〉のなかに於けるジヨイスは、ささやかな併《しか》し精密なる内省個人の写実家である[14]」と述べた。

翻訳家として出発し、詩人として立った左川ちか。その再評価は、くりかえしになるが、奇しくも翻訳から始まった。それは、翻訳文学から世界文学への道筋である。

中保佐和子の英訳『The Collected Poems of Chika Sagawa』が二〇一五年に上梓されて以降、英訳からの重訳の形で、ガリシア語、スペイン語、ジョージア語、ミャンマー語、韓国語など海外での翻訳紹介が先行したことは先に言及した。オランダ語、アラビア語の抄訳もあるという。中保の訳業は、PEN Award for Poetry in Translation を受賞した。受賞後、版をあらためた英訳版左川ちか詩集の序文で、中保は左川ちかをグローバル・モダニズムのなかに位置づけ、翻訳と多言語主義が左川の詩想の源泉でもあったことを指摘している。中保は、左川の詩のいくつかが、「The street fair」「The Mad house」「Finale」といった英文表記の題を持つことに、注意を喚起している。

それだけではない。

たとえば、左川が翻訳したチャールズ・レズニコフ（Charles Reznikoff、一八九四―一九七六）「詩の一群」と、左川自身の詩篇との比較である。

1

その家は冬に暖い、夏は涼しく――日覆の布ばかりが波のやうにそして黐つてゐる。陰をつくる木の葉らは不安気にして、茂みの枝はうなづいてゐる。

〔2　略〕

3

私はちよつとの間、裏庭の茂みには花が咲いてゐたと思つた。それは雪で包まれた老いた葉のいくらかであつた。

4

一頭の黒い馬と白い馬、この冬の日にトラックを曳いてゐる。彼らの鼻孔から息が煙となつて地面にとどくので、おばけのやうに見える。

5
再び日は長い。空は青、生垣は緑になつた。樹は緑、楡の枝ばかりが暗い。夜風は冷たい。併し昼はあなたの不在の雪が融けてゐる。まもなく五月はここへ来るだらう。さうすれば五月の女王のあなたも。（「詩の一群」）

レズニコフの詩には時間の経過、季節の推移と循環が記されている。「木の葉ら」「老いた葉のいくらか」という詩語がすでにあえて直訳調である。この複数形にもみられる、あえての直訳調は、「髪の毛をほぐすところの風が茂みの中でさわぐ時火のやうに燃える。」（「睡眠期」）、「髪の毛をほぐすところの風が茂みの中を駈け降りる時焔となる。」（「眠つてゐる」）といった関係代名詞的な用法も含め、左川の詩篇にしばしば見受けられる。

それ以上に、レズニコフの詩の場合は、左川「雪の門」に直接のモチーフを与えていると、中保は読んでいる。

その家のまはりには人の古びた思惟がつみあげられてゐる。
――もはや墓石のやうにあをざめて。
夏は涼しく、冬には温い。
私は一時、花が咲いたと思つた。
それは年とつた雪の一群であつた。（「雪の門」）

中保はこの引用、インターテクスチュアリティ（間テクスト性）に、モダニズムの手法であるコラージュや、モンタージュを読みとっている(15)。

さらに「詩の一群」後半の「黒い馬と白い馬」、馬の鼻孔からもくもくと吐き出される息の形象は、左川ちかの詩篇「記憶の海」「指間の花」に引用され、いわばアダプテーション（翻訳・翻案）されている。

白い馬と、黒い馬が泡だてながら荒々しくそのうへを駈けてわたる。（「記憶の海」部分）

馬が嘶《いなな》きながら丘を駆けてくる。鼻孔から吐きだす呼吸はまつ白い雲であつた。彼はミルクの流れてゐる路をまつしぐらにやつてくる。私は野原は花が咲いたのかと思つた。（「指間の花」部分）

レズニコフの最終連の詩行は、次の左川の詩篇につくりかえられている。

亜麻の花は霞のとける匂がする。
紫の煙はおこつた羽毛だ。
それは緑の泉を充たす。
まもなくここへ来るだらう。
五月の女王のあなたは。（「春」）

詩人は翻訳のいとなみのなかから、そして翻訳を手掛けたテクストを解きほぐし、編みなおすいとなみから、自然を（再）発見している。中保佐和子、菊地利奈ら先人が指摘したように、左川は自然風物をどのように読み書きするかについて、和歌的な文化伝統から切り離されたところにいた。彼女は、春の梅や桜、秋の紅葉について、歌枕や歳時記にのっとった抒情について、書かなかった。左川ちかの詩篇「春」にある亜麻の花は寒冷地のものである。日本内地の自然に即した写生よりも、たとえばレズニコフがあらわす、日本の内地より乾いた、北方の生態系に即した風景表象が、自然についての読み書きを教えてくれたのだろう。

兄の川崎昇は短歌をつくっていた。伊藤整は、書くことによって、日本文学の伝統に爪痕を残そうと苦闘していた。それに対して左川ちかは、大和言葉の流れに棹さす題詠や本歌取りはしなかった。翻訳を通じて、自身の自然体験を、「外」の風景とコラージュし、モンタージュしたのである。

ジョン・チーヴァーの小説「遅い集り」の冒頭を左川ちかは「八月はやくはげしく雨が降つて、葉らはすべての木を離れた。日光の輝く丘は焦げた捏粉《こねこ》菓子のやうで、陽のかげつてゐる時は牧場は灰色であつた。そして樹らは黒く、澄んだ空は滑らかな地平線の上までフイルムのやうな線で見えてゐた」と訳している。「葉ら」「樹ら」のあえて意図的な複数形、直訳体、擬人化である。伝統的な叙景とは異質な、暴力的ともいえる運動が示される。左川自身には「遅いあつまり」という表題の詩がある。また、「夏のをはり」という詩篇は「八月はやく葉らは死んでしまひ／焦げた丘を太陽が這《は》つてゐる」とはじめられて、チーヴァーのテクストの引用がみられる。このように、左川ちかは、翻訳、アダプテーション、引用、インターテクスチュアリティを通じて、みずからの詩を織りなしつつ、日本語の文体の編み変え、異化を試みている。

新井豊美は「おそらく彼女は翻訳の作業の中で言葉を意味としてではなくイメージのオブジェとしてとらえ、言葉を組み立て造形するモダニズム詩の新しい技法を自然に身に付けていった。その言葉の感覚が伝統詩の持つ情緒の湿りや重さと無縁で、即物的に乾いているのは基本的に翻訳言語的な感覚で用いられているからであろう」という仮説を提出し、そこに北園克衛と左川ちかの接点、感覚と方法の近似性を指摘している。[16] また、左川ちかが翻訳したヴァージニア・ウルフ「憑かれた家」を例に、彼女の詩は「基本的に描写的で、視覚がとらえるイメージを心理的によじる所から発想されている〔略〕イメージを繋ぎ複数のイメージをオーバーラップさせる構成の手法、モダニズムの詩人たちを驚かせたその詩の新しさは〔略〕彼女が一語一語翻訳してゆく作業の中で欧米の文学から直接学び取った」ことがうかがわれる、ともしている。[17] 新井は「現代詩の出発点とされているモダニズム詩〔略〕シュルレアリスム、シュルナチュラリスム、フォルマリスム、サンボリスム、アブストラクトなどの新しく多様な傾向が詩にもたらしたものは、韻律からの脱却とイメージとしての言葉の造型であったと言われている」「これら新詩運動の渦中に左川ちかは突然現われ、すんなりとその中にあるべき場を得た」「モダニズム詩の良質な部分を体現している」[18] と位置づけている。

左川ちかが翻訳したヴァージニア・ウルフ「憑かれた家」(『今日の詩』一九三一年四月)の一節にも、そのまま、編み変えられて、詩篇に引用された箇所が見出される。

太陽の光線がさまよつてゐるなかで樹等は闇を織つてゐた。非常に稀なほど華やかに。つめたく表面の下に沈んで、私の求めてゐた光は、いつも硝子のかげで燃えてゐた。死は硝子であつた。死は私達の間にあつた。(「憑かれた家」部分)

幽霊の夫婦が彷徨《さまよ》う「憑かれた家」は、「私達の階上の舞踊会‼／いたづらな天使等が入り乱れてステップを踏む」と始まる左川ちかの詩篇「雪が降つてゐる」を予感させる。

死は柊《ひいらぎ》の葉の間にゐる。屋根裏を静かに這つてゐる。私の指をかじつてゐる。（「雪が降つてゐる」部分）

「死は硝子であつた」（「憑かれた家」）という一行から、左川ちかの詩篇「死の髯《ひげ》」「幻の家」「緑の焔」などを次々に連想する。そして読者は感嘆する。左川ちかの翻訳はまるで左川ちかの詩のようだ。そんな倒錯した感想に誘われる。

伊藤整の指導を離れて、左川ちかが自身のセンスで翻訳テクストを選んだと考えられているのが、ミナ・ロイの「The Widow's Jazz」である。原詩は、アメリカの『Pagany』（一九三一年春号）に掲載された。左川ちか訳「寡婦のジャズ」（『文学リーフレット』一〇号、一九三三年九月）である。海外の詩人たちと交流のあった北園克衛に届いた詩誌のなかから選び出されたのだろうと、坂東里美は推測している。坂東によれば「ミナ・ロイはイギリス出身で十代の後半でヨーロッパに渡り、イタリア・未来派の洗礼を受け、第一次大戦中渡米してニューヨーク・ダダを体験した前衛アーチストだ。G・スタイン、E・パウンド、T・S・エリオット、マン・レイらが彼女を高く評価」「しかしその後長らく不当に無視され、〔略〕一九八〇年代半ばになってようやく紹介されはじめたのだが、一九三三年にすでに、ちかが詩を翻訳していたことに日本のロイ研究者たちは大いに驚いている」(19)という。

『モダニスト　ミナ・ロイの月世界案内——詩と芸術』(フウの会編、水声社、二〇一四年)は解説する。

日本では、一九三三年九月一日発行の『文学リーフレット』第十号(文学リーフレット社)に、夭《よう》折《せつ》の詩人、左川ちかによる翻訳「寡婦のジャズ」(原題 "The Widow's Jazz"、本書では「未亡人ジャズ」)が載った。これが現在確認できる限りもっとも早い翻訳紹介となる。ミナ・ロイ全詩集を刊行した編者ロジャー・L・コノヴァーの注釈には、原典が最初に掲載されたのは文芸誌『パガニー』(*Pagany: A Native Quarterly*, 2. 2, 1931)とある。この雑誌がアメリカの詩人エズラ・パウンドを通じて日本のモダニスト詩人北園克衛に渡り、彼の率いる文芸サークル「アルクイユ」に所属していた左川ちかの関心を引いたのだろう。(「解説」吉川佳代・高田宣子)

アメリカでのミナ・ロイのリバイバル、そして日本においての本格的紹介は一九八〇年代も後半になってからである。左川ちかは半世紀早かった。

「未亡人ジャズ」[20]冒頭は、次のように訳されている。

白い肉体が黒人の魂にふるえる
シカゴ!　シカゴ!
何ともやるせない音が
生白いヘビのような手足にからみつき

けだるい恍惚のステップは
原始へと向かう

白いヤツらは気どるのやめた
黒い俺たちゃ、目にお月さま

一方、左川ちかの訳は以下のように始まる。

白い肉体が黒人の塊に合せて震へる
シカゴ！　シカゴ！

意味を捕へがたい歎息が
蒼白い蛇の縺《もつ》れとなつて動き

原始の境に戻つてゆく
足音の昏睡するエクスタシイとなる

白人はその動きを止める怜悧に

有色人種は　彼等の眼に月光を持つてゐる　（「寡婦のジャズ」部分）

同時代には、過剰な性愛の表現を批判されたミナ・ロイに、左川ちかは迫ることができただろうか。左川がどのくらいジャズに通じていたかはわからない。人種を越え、性を越えた共振、もつれ、エクスタシーのエロティシズムの表現である。意味の通じがたい直訳体のようでいて、左川ちかの創作に通じる語りが、たとえば「足音の昏睡するエクスタシイとなる」といった詩行に体感される。

先に引用した中村和恵「ジャズ、エロス、投げられるわたし――左川ちかのミナ・ロイ」は、ミナ・ロイ「寡婦のジャズ」のなかに、左川ちかの「「緑の焰」「幻の家」「神秘」「緑」「眠つてゐる」「季節の夜」「雪線」等に見出される廻転と接近、這い上がり侵入してくる夜や昼、光や緑や闇や波、呼吸、エロティックな感覚、死、意志をもつ無生物」が複数出現していると指摘する。

坂東里美「左川ちかと翻訳」は、左川ちか「太陽の唄」に「寡婦のジャズ」の広義のパロディをみてとる。

白い肉体が
熱風に渦巻きながら
刈りとられた闇に跽《ひざまず》く
日光と快楽に倦《う》んだ獣どもが
夜の代用物に向つて吠えたてる　（「太陽の唄」部分）

この詩行を坂東は次のように読んだ。「ジャズ演奏に酔いしれる白人の「白い肉体」は太陽の娘の熱い「白い肉体」に、黒人ジャズ・プレイヤー「黒色の動物天使等」は「日光と快楽に倦んだ獣ども」に変容されて、夜の「代用物」に向かって「吠えたてる」。酒とジャズとダンスの熱帯のような喧噪[21]」と。

「ベンヤミンの「翻訳者の使命」を引くまでもなく、今、左川ちかは、死後の生を生きている。それが、現代の詩として読まれていること、それが、翻訳文学の市場原理とは別の次元で、複数言語を跨《また》ぎ、さまざまなかたちで転生し、乱反射を繰り返しながら多数の言語の中で生きていること。これを「世界文学」的な兆候と見てよい[22]」とエリス俊子は述べた。説得力のある言説だ。「「世界文学」的な兆候」のなかで、左川ちかは(再)発見され再読されているのだ。

第三節　モダン都市東京の女性詩人

一九二八年に上京し一九三六年に息をひきとるまで、詩人は、東京に住んだ。関東大震災後のモダン都市化が進む帝都の住人であり、台頭するモダン・ガールのひとりであった。緋《ひ》色《いろ》の裏地のついた黒《くろ》天鵞絨《ビロード》の短衣とスカート、広いリボンのついた踵《かかと》の高い黒い靴、黄《こ》金虫《がねむし》の指輪、水晶の眼鏡、ベレー帽といったファッションを好んだという。デザインは詩人自身であったと、伝説になっている。そんな衣装に身を包んだ彼女について、北園克衛は「華奢の限りをつくした身体」「リラダンやフイオナ・マクラオドが描く古びた庭園や古城の廻廊にふさはしい彼女の澄んでゐるが弱い声。その澄明な弱い声が語る単純な数語が、幾多の高い哲学的思念や厳しい知見に一致する[23]」と賛美した。

ここに「フイオナ・マクラオド」(フィオナ・マクラウド Fiona Macleod) の名前が引用されていることは感慨深い。一九三〇年前後のモダニズム文芸界に光芒をしるし、いまなお愛されている尾崎翠《おさきみどり》(一八九六―一九七一)にとっては、フィオナ・マクラウドがインスピレーションの源泉であったことが知られている。尾崎翠によれば「ふいおな・まくろおどは、まつたく幻の女詩人であつた。詩人しやあぷの分心によつて作られた肉体のない女詩人。〔略〕分心詩人ゐりあむ・しやあぷの心が男のときはしやあぷのペンを取つてよき人まくろおどへの艶書《えんしょ》をかき、詩人の心が一人の女となつたとき、まくろおどのペンを取つてよき人しやあぷへ艶書したのである(24)」と。

フィオナ・マクラウドは、ウィリアム・シャープ (William Sharp、一八五五―一九〇五) の、生前には秘匿されていた筆名であった。ウィリアム・シャープは、フィオナ・マクラウドという女性名で創られたケルト民話集や、幻想文学を発表した。フィオナ・マクラウドとウィリアム・シャープの来歴については、『現代英文学講話』(小日向定次郎、研究社、一九一九年)によっても知られており、松村みね子訳『かなしき女王――フィオナ・マクラオド短篇集』(第一書房、一九二五年)が出版されていた。

左川ちかは、上京して翻訳をはじめ、詩を書きはじめ、百田宗治、北園克衛、春山行夫らと交友を深め、モダニズムの詩人たちのあいだで知られていった。

北園克衛は回想する。「当時彼女はまだ自分の書く詩が、他の詩人たちが書く詩とあまりにかけ離れているので、戸迷《とまど》いしているという状態だつた。凡庸でない詩人が最初に経験するこの不当な不安というのが、いかに無慈悲なものであるかを、平凡な詩人たちは想像することができない(25)」、と。

広告塔から夜がとび降る。灯がくだけて青と赤のガラスの破片となつて散つてゐる。切断されながら、歪《ゆがめ》られながら混雑した街の傾斜面の一部はかはるがはる現はれて走り去る。（左川ちか「硝子の道」部分）

モダン都市の風景の変容、消費社会の光と闇に、詩人は敏感であった。モダン都市は、有機的な統一性を持たず、散り散りに断片化し、まるで表現主義映画の装置のように、切断され、歪み、傾斜して、現れては逃走する。モダン都市はそのように、飛散するもの、歪んだもの、傾斜したもの、断片化したものとして、まなざされなければならないのだと、すでに詩人は知っている。そこにモダニズムの詩法が生まれる。

フルウツパアラアは果実から発散する甘い湿気で煙の中に沈んでゐるやうに形がはつきりわからない。おお!! 私でない私。扉に近よるのをつきのけて出て来る私。黒い手袋。ブロオチの紫水晶。すつかり私を真似た幾人かが樹木のやうに映つては揺れる。揺れる。どれがほんとうの私なのかわからなくなるまで。幻の鏡。不思議な道。（「硝子の道」部分）

「私でない私」「私を真似た幾人か」は、「私」の不在や否定から、「私」の増殖、そして「私」の本物と偽物、あるいはオリジナルとコピーとの差異の消去にむかう。その痕跡として「私」は揺らぎ、「幻の鏡」にうつったように増殖し、あるいは「幻の鏡」を通り抜けたかのように、異次元に開かれてゆく。モダニズム詩の「私」はモダン都市がもたらす「私」の増殖、揺らぎ、解体と時に戯れ、モダン都市を横断してゆく。
フルーツパーラーでのように甘い、モダン都市との蜜月。しかし、それはつかのまである。

明るい午後の鋪道《ほどう》は自動車のボデイが照りかへつて、それの長いつながりは美しい。私は幾度もその後から駆け出したくなる。太陽が其処にゐるのかと思つた。エンヂンのひびきや油の匂が軽い空気のやうに街にいつぱい充ちて、両側の窓硝子をゆすぶつてゐる。街角では起重機が鉄材を空へ捲きあげてゐる。薄い空を傷つけなければよいが。物の壊れる音、常に動いてゐる空間の魅力は素晴らしい。ヂグザグとした切断面の美しさばかりを見てゐるといふことは単に眼を疲れさすだけではないか。〔略〕

夜更けになると人間の形をしたハンマアが小さなカンテラの灯の下で地殻を掘りさげてゐる。そして真暗な穴の向ふへ私達を連れこまうとしてゐる。明るい地上がいまにきつと忘れられる時が来る。土壌の崩壊、建設、そんなものが人間を負かしてしまふのだらう。（「指間の花」部分）

自動車のボディ、エンジンの響き、油の匂い、そのようなモダン都市の交通と機械装置に胸沸き立つ「私」がいる。ものの壊れる音、ジグザグとした切断面にすら、心躍る。廃棄物をコラージュした一九二〇年代のダダイズムを嚆矢《こうし》とするジャンクアートに揺さぶられるように。一方では、「薄い空」、風景はあやうくもろく、起重機がまきあげる鉄材によって傷つけられるのではないかと気遣われる。眠らないモダン都市の建設、開発は、人間を人間の形をしたハンマーに変える。地殻も土壌も、建設によって崩壊させられる。文明が人間を負かしてしまう、近代文明が人間の統御を離れて人間を疎外し人間ではないものに変えてしまう予感がする。

機械の圧倒的な質量とその美観、モダン都市の風景、都市の装置、交通、スピード感覚に鋭いアンテナをはたらかせ、刺激されながらも、その反面では、大量生産・大量宣伝・大量消費のモダン都市が、大量廃棄の空間であること、その加速する自然破壊に不安にかられている。トム・ガニングが「モダニティ（そしてとりわけ近代資本主義）は循環をなめらかで速いものにするために、以前の安定した形式を廃する力と、このような循環を管理することで予期可能なものにして利益を上げようとする力の間の緊張関係を含んでいる(26)」と指摘したその緊張関係が、モダニティの欲望のただなかに批評性としてのモダニズムを胚胎させる。こころ惹くものがそのまま傷つけるものでありうるという、モダン都市のアンビバレンツに詩心は揺れる。そのアンビバレンツ、両極のあいだの揺れ幅の大きさは、モダニズム詩に内在するモダニティ批判の可能性なのである。

街は音楽の一片に自動車やスカァツに切り鋏《はさ》まれて飾窓の中へ飛び込む。（「出発」部分）

乗合自動車は焔をのせて公園を横切る。（「黒い空気」部分）

これらは、モダン都市の景物に暴力的なものを読みとっている。

ゴルフリンクでは黄金のデリシアスがころがる。（「神秘」部分）

こちらでは、モダンな娯楽、スポーツの場に、あえて古代神話的な「黄金のデリシアス」の形象を配している。

やがて惨劇が始まる。いずれにしても、左川のモダニズムは、近代化の賛美では終わらない。

モダン都市になくてはならない、映画という新しいメディアをめぐるイメージの系列も登場する。

薄れ日の
午後三時
白と黒とのスクリイン
瞳は雲に蔽はれて
約束もない日がくれる　（「プロムナアド」部分）

モノクロの、サイレントの、初期映画の時代である。

スクリーンは、映写幕であると同時に、遮蔽幕である。瞳は雲を映すと同時に、雲におおわれる。見ること、見せること、見えること、見えなくなることの意味が、そのように両義的にあらわされている。


裏町の脂粉を醸《かも》し、掌のうへで銀貨の数をしらべ、十二時二十八分の風が吹く。夜中から朝へと往復する風が私の双手《もろて》を切つて駆けだす。その揺れてゐる鬢の間からフイルムのやうな海が浮びあがる。雪が降つても降つても積らない暗い海面、丁度私が歩いてゐる都市のやうに滑らない花の咲かない一角で、何か空しい騒ぎを秘めてゐる波の群、滅びかけた記憶を呼びかへし、雲母板《うんもばん》のやう

な湿つぽいきらめきを与へつつ一度に押寄せて来て視野を狭くする。（「夜の散歩」部分）

フィルム、それは映画そのものという意味であり、映画の媒体という意味でもある。映画をモノ化する傾向がうかがわれる。もしくは、イメージが映画のように変容させられている。風の襞のあいだから浮かびあがるフィルムのような海。フレームのような「私」の手。フィルムは、都市と海を媒介する。フィルムはまた、時を越えて記憶を喚び起こし、現在と過去をなかだちする。そのように、捨ててきた故郷の映像がよみがえる。映像がよみがえり、おしよせてくると、肉眼で捉える目前の「いま・ここ」の視野は狭くなったようにおもわれる。

視力のなかの街は夢がまはるやうに開いたり閉ぢたりする　（「緑」部分）

この詩行は、初期映画の溶暗・溶明をおもわせる。夢が回るように開いたり閉じたりする視界は、無声映画の時代、たとえば『カリガリ博士』（独、一九二〇年公開）の狂人の回想のなかの街のようである。カメラに絞りをつけての撮影。映し出される場合には、四角いスクリーンに、まるく視界を絞って閉じて暗転したり、また、まるくほんのり視界を明るく開いて、それから四角いスクリーンいっぱいに映像を広げたり、という、アイリスと呼ばれる場面転換の方法である。

こんなモダンな都市にも、「緑」が押し寄せ、「緑」が崩れる。そして「私」は人に捨てられる。詩人はモダニズムの先にヒューマニズムの通用しない世界を予感している。

第四節　遺棄された詩人

左川ちかが詩を書きはじめた時、彼女の人生にとって重大なことのほとんどは、もう起きてしまっていた。病弱に生まれついたこと、父の不在、母の離婚再婚、そして自身の恋と失恋。それは起きてしまい、終わってしまい、そして詩を書くことによって何かを変えることができたわけではなかった。そこから彼女は書きはじめた。

私は人に捨てられた　（「緑」部分）

揺籃はごんごん音を立ててゐる　真白いしぶきがまひあがり　霧のやうに向ふへ引いてゆく　私は胸の羽毛を掻きむしり　その上を漂ふ　眠れるものからの帰りをまつ遠くの音楽をきく　明るい陸は扇を開いたやうだ　私は叫ばうとし　訴へようとし　波はあとから　消してしまふ

私は海に捨てられた　（「海の捨子」）

水鳥か。いや「私」だ。その私の胸に「羽毛」がある。翼はない。羽毛はかきむしる爪のために、あるかのようだ。が、いまひとつたいせつなことがある。「私」は「羽毛」と引き換えに、その「胸」に、女性性の器官である乳房を持たぬ者として描かれていることだ。哺乳類であればオスでさえも持つ乳首のような器官を持たない。そのように「羽毛」を持つ者である。鳥か、もしくは胸だけが鳥であるような半獣のものか。エリス俊子は、ここに「羽毛が引きちぎられて内部が露出し、無惨に破壊されていく身体」[27]を読んだ。

さらにこの詩篇にはコラージュ、あるいはモンタージュのように、左川ちかが翻訳したデイヴィッド・コーネル・デヨングの「眠れる者からの帰り」という詩語が貼りこまれている。

> 笑ひふざけながら枝折戸《しおりど》から入つて来る男が私だ。
> 自分の筋肉や腱や自分の囁きを嘲笑《あざわら》ひながら。
> それらのものが彼女の眠りの上へ花崗岩を据えたのだ。〔略〕
> しかし私は深い深い死の上に花崗岩をのせてしまつた　（「眠れる者からの帰り」部分）

「眠れる者からの帰り」とは、不穏な詩である。「彼女の眠りの上へ花崗岩を据えた」とはどういう意味か。弔いからの帰りか、眠る者を死せる者に変えた殺人からの帰りか、それは内なる「私」、内なる女性性を葬り去って、笑いふざけ、自嘲する「私」なのか、言い換えればフェミサイド（女性殺し）の詩なのか、多義的な読みを誘う。

左川ちかがコラージュのように、「海の捨子」の詩行に、「眠れる者からの帰り」の引用を貼りこんだことは、複数の解釈を招く。死と再生をいうのかもしれない。遠くの音楽は死者を弔う音楽なのかもしれない。明るい陸は扇を開いたように、差し招く。だが陸にはたどりつけない。叫びと訴えが、あとからあとから波音にかき消されてしまうのは、その叫びと訴えが、ひとの声、ひとの言葉ではないからかもしれない。いや、むしろ、波音は、「私」の声、叫び、訴えを、ひとの言葉ではないものに変えてしまうといったほうが詩に即しているだろうか。「私」は声を発しているが、そこから意味が奪われてしまう。

ここでヴァージニア・ウルフ『波』(London, Hogarth Press, 1931)が、砂地に広がる波をくりかえし扇になぞらえたことを想い起こす。(28)

青い波、碧《みどり》の波は、砂のおもてにさっとすばやく扇を広げエリンギウムの尖った葉先をめぐると、おちこちに、きらめく水たまりを作って引いてゆく。

〔略〕

波が砂浜のあたり一面をすばやく走って水の扇を広げると、光はその波の薄膜をさし貫かんばかり。

〔略〕

波が砕けては砂浜の遠くまで白い扇を広げ、こだまする洞窟の奥深くにまで白い影を伸ばし、やがてため息を漏らしながら、丸石のうえを退いていった。(ヴァージニア・ウルフ『波』)

波は意識であり、言葉であり、時間である。盛りあがり、打ち寄せ、飛沫をあげ、白波を立てる時、ヴァージニア・ウルフも、左川ちかもそれを馬の姿になぞらえている。「扇」の形、「扇」を広げる形は、とりわけ重要である。「あたかも種まく人が、草ひとつない土を鋤《す》き耕し、種を投げ広げるように、わたしは言葉を扇状に投げた。わたしはいつも、夜をのび広げ、それを夢でひたひたと満たしたいと、そう切望していたのよ」（『波』）。ウルフは、砂浜に打ち寄せる波の形を「扇」に見立てた。左川ちかは、「海の捨子」で波に洗われ、そこから姿を表す陸地の形を「扇」と見立てた。まるでその見立ての相違はポジとネガのようである。左川の「海の捨子」は初出『詩法』（一九三五年八月号）。ウルフ『波』をはたして読んでいただろうか。それとも海を隔てたシンクロニシティだろうか。

くわえて、左川ちかのテクストのあいだで「海の捨子」には、詩篇「記憶の海」の、胸をひろげて海上を漂う狂女、波に砕ける言葉といった詩想に通じるところがあることも確認したい。

髪の毛をふりみだし、胸をひろげて狂女が漂つてゐる。
白い言葉の群が薄暗い海の上でくだける。（「記憶の海」部分）

異なるのは、「記憶の海」の言葉は、「白い言葉の群」という、紙と（書かれざる）文字を連想させるのに対して、「海の捨子」のほうは、ごんごん音をたてる揺籃、叫び、訴えという声としての言葉（にならない声）の側面を描いているところである。そしてなによりも、「海の捨子」は、「私」という一人称で語られ、しかもその「私」は「胸の羽毛を掻きむし」る、少なくとも部分的には鳥と化した、動物化した「私」なのである。海へ遺棄されたことは、動物化した「私」が家族から、共同体から、いわば人間社会から追放されたことをも意味する。

「私」が「揺籃」の中にいるとするなら、波音より先に、ごんごん音をたてる「揺籃」そのものが、「私」の声の伝達を妨げているのだろう。海は生命の源、母なるものではなく、「揺籃」をごんごん鳴らす、恐ろしい自然である。「揺籃」は「私」を安らがせてはくれない。

西洋哲学の伝統において動物の言語は応答なき記号体系として、応答ではなく反応があるだけだとされる[29]。動物化した「私」は父にも母にも遺棄されてしまった。ここで動物とは「私」が自己確認するために供物として捧げられるところのものではない。むしろ「私」は動物を領有化ないし犠牲にすることをやめて、胸に羽毛を持つ鳥に生成変化している。

いささか唐突に生成変化の概念を持ち出したのは、「動物への生成変化は、いわば人間性以後《ポストヒューマニティ》への移行であり、たんなる自然回帰なのではない」、「動物への生成変化は、世界の貧しさをあえて肯定するためのプロセスなのである[30]」という意味においてである。「海の捨子」の「私」の変容は、自然回帰の道筋を絶たれ、人間性以後への移行を予感している。

「海の捨子」は、「海の天使」というもうひとつの詩篇と、つくりかえの関係にある。

揺籃はごんごん鳴つてゐる
しぶきがまひあがり
羽毛を掻きむしつたやうだ
眠れるものの帰りを待つ
音楽が明るい時刻を知らせる
私は大声をだし訴へようとし
波はあとから消してしまふ

私は海へ捨てられた　（「海の天使」）

「羽毛」は「私」の胸のものではなくなった。それは海の飛沫の喩えとなった。半人半獣のイメージは消えるが、「天使」というこれもうひとつの半神半人また両性具有の、すなわちひとではないもののイメージが書きこまれている。翼についてはなにも言及されないけれども、羽毛は翼のそれかとも読める。

そして大声をだし、訴えようとすることは、「天使」のわざから遠いように想われるけれども、聴覚イメージを追うと、「ごんごん」鳴る揺籃、明るい「音楽」、「私」の「大声」、それをかき消す「しぶき」「波」音という、振幅の大きなイメージ系列を読みとることができる。これは捨子が「天使」に転生する詩なのだろうか。「天使」なら翼を持つだろう。「海の捨子」に挿入された「眠れる者からの帰り」のコラージュと惨劇を暗示する手つきは消されている。「音楽」の意味も変わっている。

「海の捨子」と「海の天使」を比較して「「海の捨子」には人がいない。海と鳥だけ。無人の海の真っただ中という光景」「揺籃に閉じ込められている、その一方で鳥となって脱出して嵐を漂う、二つの主体が嵐の海で、交錯して揺れて」(31)いると、阿賀猥《あがわい》は読んだ。人ではなくなった、だから捨てられたのだと。

富岡多惠子は、「あきらかに「海の捨子」の方が詩としてはいい。「海の天使」は、詩にどうしても必要なものまで切って捨て去ってしまった。切り捨てたものは単なる感傷や情緒ではない。「海へ捨てられ」るはずの自分を切って捨て、不在にしてしまった」「左川ちかは、その詩で、最初からうたうことを拒んでいる。「海の捨子」から「海の天使」への道すじにこのことはよくあらわされている。しかし左川ちかの、詩においてうたうことの拒否は散文への道につづくものではなく、詩の内部へ、さらに内部へと向う質のものである」[32]と論じている。

一方、藤本寿彦は、「女性性の悲劇を叫ぶ「海の捨子」」を「祖型」として、「抒情性の世界から離陸し、最新モードの詩的方法によって、そのパラダイム（男性性）を暴く試行」が「海の天使」であると、位置づけている[33]。

うた、そして抒情について考えるにあたり、ここで左川ちか「海の捨子」に先行して書かれた伊藤整「海の捨児」を参照する。

私は浪の音を守唄にして眠る。
騒がしく　絶間なく
繰り返して語る灰色の年老ひた浪。
私は涙も涸れた凄壮なその物語りを
つぎつぎに聞かされてゐて眠つてしまふ。

私は白く崩れる浪の穂を越えて
漂つてゐる捨児だ。
私の眺める空には
赤い夕映雲が流れてゆき
そのあとへ　星くづが一面に撒きちらされる。

ああこの美しい空の下で
海は私を揺り上げ　揺り下げて
休むときもない。

何時私は故郷の村を棄てたのだらう。
あの斜面の草むらに残る宵宮の思出にさよならをしたのだらう。
ああ　私は泣いてゐるな。
ではまたあの村へ帰りたいといふのか。
莫迦な。
もうどうしたつて帰りやうのない
遠いとほい海の上へ来てゐるのに。

でも今に私は忘れるだらう。
どんな優しい人々が村に居たかも
昔のこひびとは見知らぬ誰かの妻になり
祭の宵には　私の思出を
微笑に光る涙にまぎらせても
私は浪の上を漂つてゐるうちに
その村が本当にあつたか　どうかさへ不確かになり

何一つ思ひ出せなくなるだらう。

浪の守唄にうつらうつらと漂つた果て
私はいつか異国の若い母親に拾ひ上げられるだらう。
そして何一つ知らない素直な少年に育ち
なぜ祭の笛や燈籠のやうなものが
心の奥にうかび出るのか
どうしても解らずに暮すだらう。　（「海の捨児」）

伊藤整「海の捨児」は一九二八年一月『信天翁』創刊号に発表され、第二詩集『冬夜』（一九三七年）におさめられた。冒頭二連は、小樽市塩谷《しおや》に建立された伊藤整の文学碑にも刻まれた詩行である。伊藤整自身にとっても、思い入れの深い作品といえるだろう。

比べてみると、その伊藤整「海の捨児」に対して、挑発的ともおもわれるつくりかえを、左川ちか「海の捨子」が試みたことがわかる。あとから発表された左川ちかの「海の捨子」と比較すると、伊藤整の詩は、抒情的・感傷的にすぎて、冗漫にさえみえてくる。最終連では、「浪の守唄にうつらうつらと漂つた果て／私はいつか異国の若い母親に拾ひ上げられるだらう。」という救済が夢見られているのも甘い。「何一つ知らない素直な少年に育ち」という、死と再生、自己の浄化、無垢がおもいえがかれてもいる。「海の捨児」は、波音を子守唄として聴く。

川村湊は「明らかに母胎の羊水の中でのまどろみをイメージの原形としている」伊藤整の「海の捨

児」を、左川ちかは「モダニスティックで、シュールレアリスティックな〝孤児〟の感覚、世界喪失のイメージへと置き換え」たのだと解釈した。[34] この「置き換え」の過程で、詩人・左川ちかは「母胎の羊水」の提供者となることも捨てたのである。島田龍は、「「私」〜「捨児」〜「少年」と個人を越えて心的記憶が反復転生し、やがて忘却され痕跡化する。[35] この発想は整が新心理主義文学の中心に据えたフロイトの精神分析学の発想に親和的だ」と分析している。

くりかえすが、左川ちか「海の捨子」では、揺籃はごんごん、轟音を立てている。海も揺籃も、とても生命を育む穏やかな場ではない。むしろ恐怖と絶望の場である。「私は叫ばうとし　訴へようとし」声にならない声、言葉にならない声をあげて、叫び訴える情動を失ってはいないが、「波はあとから消してしまふ」。言葉にならない声はどこにも、誰にも、届かずに、消されてしまう。海は「私」を受け容れない。「私は海に捨てられた」。誰に捨てられたのかは明示されていない。父に、母に、家族に、もしくは、男に、女に、人に。「私」は捨てられた場所で、言葉にならない声をあげる。声をあげても、それが言葉であると、意味を汲みとってもらえずにいる。

早い時期に、伊藤整と左川ちかの関係に注目した小松瑛子は、次のように書いた。

伊藤整の結婚は、左川ちかの短い人生において、最も大きな傷手である。彼女はこの苦しみをどう受け止め、それに耐えていたかは関係者以外はわからない。[36] 私は作品の中で——私は人に捨てられたという「緑」という詩の一節をみて、思わず顔を覆った。

曾根博義は、「整の結婚に一番ショックを受けたのは、いうまでもなく川崎愛であった。しかし愛は身を引かず、整もまた新妻に悪びれもしないで愛と逢い続けた(37)」と記している。

ただし、左川ちかともっとも親しい友であった江間章子《えましょうこ》は、左川ちかが恋愛をしていたことについても、相手が伊藤整だといわれていることについても「なぜ、それを私は、気がつかなかったのでしょう」と、いうにとどめている。「郷里へ帰っていた彼が、結婚して、奥さんをつれて東京へ戻ってきたと知ったとき、私は、全身冷汗でびっしょりになってしまったの。そして、坐っていた二階の端から、階段を階下まで転がりおちてしまったのよ」という左川の回想を聞いても、「私が知っている人のような気がした。『詩と詩論』、『椎の木』に関係のある人にちがいなかった。／しかし、その人たちの中から、ひとりを選んで、左川ちかと結びつけて考える想像力は、私にはなかった(38)」というのである。

江間章子の証言に、ここで、左川の詩行を連想する読者がいるかもしれない。

悲しい記憶は手巾のやうに捨てようと思ふ。恋と悔恨とエナメルの靴を忘れることが出来たら！
私は二階から飛び降りずに済んだのだ。

海が天にあがる。　（「青い馬」部分）

だが、いうまでもなく、詩篇「青い馬」は、「二階の端から、階段を階下まで転がりおちてしまった」という身体の痛みを執拗に刻みつける破線状ないし波線状の時間感覚を、「二階から飛び降り」るという一瞬の、そして決断をともなうような衝撃的な行動につくりかえている。また、倒置法・仮定法も組みこまれていて、あたかも「恋と悔恨とエナメルの靴を忘れることが」出来なかったばっかりに、「二階から飛び降り」たかのように、論理が組み立て直されている。たった今、失恋に気づいた、その衝撃で階段を転げ落ちたという経験の現在性は、凝縮され、時制を変えられて、詩の普遍性へと転じている。だからこそ、「海が天にあがる。」という壮大な虚の〈自然〉が、〈世界〉の転覆が、招き寄せられるのである。

富岡多恵子は、左川ちかの喪失と詩人としての誕生について次のように述べている。[39]

これは若い娘川崎愛でなく詩人左川ちかの態度である。これは嫉妬よりはるかに孤独な作業であり、孤独な姿勢のとり方である〔略〕

近代詩以降の日本の詩は、男の詩の歴史である。女の詩人もいることはいたが、「男を捨て」「男に捨てられた」体験はあっても、「人を捨て」「人に捨てられた」認識がほとんどなかった。〔略〕「海の捨子」はあきらかに「海の捨児」を思い浮べて書かれている。これは「人に捨てられた」人間が、「人を捨てる」行為ではなかったか。いや、それよりも、ひとりの詩人が、先に歩いていると見えた詩人を捨てたのではなかったろうか。

小松瑛子は「伊藤整が、求めつづけ、ついには詩を離れなければならなかったものの中から、左川ちかは生まれた」とも主張している。[40]

曾根博義は左川ちか詩篇「緑」について、「意識的に整の詩をなぞりながら、最後の一行で失恋の傷みを突き刺すような鋭さで訴えかけている」という読みを示している。また「海の捨子」については、「恋人の詩「海の捨児」の題とイメージに重ね合わせ、「悪夢」をも思い浮かべながら、悲痛にうたって死んで行った」と言及している(41)。

伊藤整「悪夢」は、第一詩集『雪明りの路』(一九二六年)に収められている。

故郷の海だ　雨が降つてゐて　濁つて　泡だつて
なんといふ　わびしい海の色だつたか。
そこに　おまへが死んで浮いてたのだ
あゝ　それはお前に異ひない
夢にも忘れなかつた　昔の通りのお前だつた。
髪は水にとかれて　藻のやうに散り
おまへの蒼白い身体の上を
濁つた波が次ぎつぎに砕けていつた。
あゝ誰も居ない海の上で
私は寂しく　恐ろしく　どんなにこれを信ずまいとしたか。
けれども私も灰色の大きな鷗《かもめ》だつたので
寒いしぶきをあびて
いつまでもお前の上に輪をかいてゐた。
あゝ　彼女は死んだのだ　彼女は死んだのだ。
いくら嘆いて　泣いても
私は言葉が出ないので

こんな恐ろしい　お前と私の果てを
誰もひとりも気付いてくれない。
私は悲しく閉ざされたおまへの睫毛〔まつげ〕を覗込〔のぞきこ〕みながら
いつまでも羽をひろげて
つめたい雨風に叩かれてゐた。
こんなことになつた二人の過ちの結果を
今さらどうして宜いかも知らず
私はさめざめとお前の上で泣いてゐた。（「悪夢」）

伊藤整「悪夢」はフランスの象徴詩人ポール・フォール（一八七二―一九六〇）の詩から「Cette Fille, elle est morte, est morte dans ses amours」を序詞においている。ポール・フォールの詩は、一九一〇年に上田敏《びん》が「このをとめ」と題して訳出し『牧羊神』（一九二〇年）におさめた。

このをとめ、みまかりぬ、みまかりぬ、恋やみに。
ひとこれを葬りぬ、葬りぬ、あけがたに。
寂しくも唯ひとり、唯ひとり、きのままに、
棺《くわん》のうち、唯ひとり、唯ひとり、のこしきて、
朝まだき、はなやかに、はなやかに、打つれて、
歌ふやう「時くれば、時くれば、ゆくみちぞ、

このをとめ、みまかりぬ、みまかりぬ、恋やみに」
かくてみな、けふもまた、けふもまた、野に出《い》でぬ。（「このをとめ」）

また伊藤整『若い詩人の肖像』には、「「我は揺りかごなり、暗き墓穴《はかあな》の上に、手もてゆらるる揺りかごなり」という荷風訳のヴェルレーヌの詩句を私は口ずさんだ」という一節がある。鈴木信太郎訳「大いなる黒き眠りは」によれば、ヴェルレーヌの最終連は「窖《あなぐら》の奥処《おくか》にありて／御手《みて》ひとつ　ゆららに揺する／われは　揺籠……／音もなし、音もなし。」(42)である。堀口大学訳「暗く果てなき死のねむり」であれば「われは墓穴の底にありて／隻手にゆらるる／揺籃なり／ああ、黙せかし、黙せかし！」(43)となる。生田春月『静夜詩話』（春秋社、一九二五年）は、ヴェルレーヌの象徴詩について、蒲原有明、堀口大学、永井荷風の訳を比較している。堀口には結語を「人気《ひとけ》なし、人気《ひとけ》なし！」としたヴァージョン(44)もある。もしかしたら、伊藤整の愛誦するヴェルレーヌに、左川ちかも接していたかもしれない。ヴェルレーヌの詩想に左川の「海の捨子」の「死」と「揺籃」というモチーフが通じる。しかも「音もなし、音もなし」あるいは「ああ、黙せかし、黙せかし！」の詩行を、根底からくつがえす、轟音のただなかに、左川ちかの「揺籃」は置かれている。伊藤整の感傷的な読書行為を、左川ちかは、暴力的なものに読み換え書き換えている。

曾根博義は、「海の捨子」を次のように読んでいる。

初期の詩「緑」がそうであったように、整に寄り添おうとしながら寄り添えない哀しみの深さと絶望感が、ここでも最後の一行、「私は海に捨てられた」に凝縮されている。「私は胸の羽毛を掻きむしり」には、「悪夢」の投影を見てよいであろう。「揺籃はごんごん音を立ててゐる」と「眠れるものからの帰りをまつ」が「海の捨児」の「私は浪の音を守唄にして眠る」に呼応していることはいうまでもない。[45]

内田道雄は曾根の研究について、「（伊藤）整の詩への反歌とも呼べる左川ちかの「海の捨子」の紹介と評価は秀逸である。ただし、亀井氏の論（亀井秀雄『伊藤整の世界』講談社、一九六九年）の「伊藤整の恋愛体験なるものも、あくまでかれの自意識で夢見られたドラマにすぎなかった」という醒めた判断もまた真実を穿っている」[46]と評している。左川ちかのドラマと伊藤整のドラマとは、まったく非対称的なものとして夢見られていたはずである。曾根のいう「呼応」については藤本寿彦が、「海の捨児」を女性性を視座に反転させたのが「海の捨子」だとして、伊藤整の女性性表象に対する左川ちかの批評を読みとった。島田龍は、これを「本歌取り」と概括し、「それにしても「海の捨子」と「海の天使」を初めて目にした伊藤整の衝撃はどのようなものであったろうか。最も執着する詩をほぼ同じ表題で換骨奪胎されたのだ」と推量している。[47]

曾根博義『伝記　伊藤整——詩人の肖像』（六興出版、一九七七年）が伊藤整の「海の捨児」と左川ちか「海の捨子」を並べてみせたとき、右遠俊郎《うどおとしお》は「ホンモノに擬してニセモノが作られ、そのニセモノがホンモノ以上にホンモノであったと知るとき、そのことを文学的に知る能力を持った人間は、決定的な自己の転換を迫られずにはいないだろう」[48]と書いた。

左川ちか没後にまとめられた『左川ちか詩集』（昭森社、一九三六年）は、広告文および関係者の証言から、伊藤整の編集によるものと推測されている。その昭森社版詩集には、「海の捨子」はなぜか収録されていなかった。これについては、読者のあいだに、いぶかしがる声がある。
伊藤整に恋し、捨てられ、若くして世を去った女としての左川ちかという、男同士の絆（ホモソーシャル）のまなざしが描き出す、左川ちか像と、女たちの友情（シスターフッド）が描き出す、それでも生きて、働いて、書いた左川ちかの像とは、すれ違う。家父長制になじんだ価値観によれば、男に選ばれなかった女は憐憫や軽侮の対象になるのである。だが、「かわいそう」ではない、左川ちかのイメージを、女友達の江間章子は書き残している。左川はいつも働かなければならなかったのだし、早すぎる晩年には、家庭教師をしていた。

私は、あらためて、左川ちかの明るい面、積極性を知った。チェホフの「桜の園」の舞台に登場する、あの凛々《りり》しい家庭教師。
左川ちかも、あの家庭教師のように、自立心にとみ、聡《さと》く。他人の心の痛みがわかり、周囲を励ますためなら、道化の役もすすんで引きうける、といったところがあった……。(49)

江間章子は、左川ちかにもっとも近しい同性の詩人だったが、左川の体験や左川を取り巻く風聞に還元せずに、詩のテクストを自立したものとして読もうとしている。

第五節　「母」の声とまぼろしの「父」の背中

私の瞳の中を音をたてて水が流れる
ありがたうございますと
私は見えないものに向つて拝みたい
誰も聞いてはゐない　免《ゆる》しはしないのだ
山鳩が貰ひ泣きをしては
私の声を返してくれるのか　（「山脈」部分）

瞳の中を音をたてて流れる水とは、涙のことなのだろう。それにしても、涙が流れる様子をここまで突き放して、客体化し、外化して言語化するとはなんと強靭な言葉の持ち主だろう。そこには感傷も自己憐憫もない。そのことがかえってこの涙の訴求力を強くする。ひるがえって作中主体の「私」もまた、突き放され、異化されているということになる。その徹底は、受苦の、宗教的な身振りとさえ読める。エリス俊子は「『私の瞳の中を音をたてて水が流れる』とは、なんと切なく、しかし、力強い表現だろう。尽きることのない涙の川のなかで、彼女の生のすべての経験が浄化されていく」(50)と読んでいる。「浄化」は鍵となる概念である。

一方、誰も聞いていない声は、誰からも応えてもらえない。空間からこだまとして返してもらうしかない。「山鳩」のもらい泣きとは、「山鳩」が「私」に同調しているという擬人化と裏腹に、「私」のほうからも「山鳩」に同調するはたらきかけがあるということだ。「山鳩」が「私」に声を返してくれているのか、「山鳩」の鳴き声が、「私」に声を返すことにあたる、代理表象としての意味を持っているのか。「山鳩」と「私」とは換喩的に配置されている。この詩は「刺草《いらくさ》の中にもおそい夏はひそんで／私たちの胸にどんなにか／華麗な焔が環を描く」と締めくくられる。「私たち」という複数の人称は、「山鳩」「私」を包含するようである。「山鳩」の丸い胸と「私」の胸が二重写しになる。

引用の詩行には、「ありがたうございますと／私は見えないものに向つて拝みたい」という宗教的な衝動のようなものがうかがわれる。

左川ちかの実家である余市町の川崎家は、もともと真宗大谷派の檀家であった。だが伊藤整の『若い詩人の肖像』によれば、ちかの異父兄・川崎昇には「金光教の熱心な信者の叔母があって、彼もしばしば教会へ行っていたようであった」という。ちかの母のチヨ、ちかの母の妹にあたるウメ、そしてチヨの子どもたちである昇、ちか（本名・愛）、キクらが、信者であった。とりわけ川崎ウメは信者の「お道引き」に功績をあげた人として記憶されている。

左川ちかは没後、川崎愛子姫之霊神として、教会（現在・金光教小樽教会）に祀られている。

金光教と近代文学といえば、小説家の小川洋子が、金光教の信徒として教会の離れに生まれ育ったと知られている。小川によれば金光教のあらましは次のようなものである。

金光教の教祖は幕末から明治にかけ、岡山県の片田舎に生きた農民、赤沢文治《あかざわぶんじ》である。四百五十ほどの漢字しか知らなかった文治が、当て字を遣って神の啓示《けいじ》を書き留めた『お知らせ事覚帳』と、回顧録『金光大神御覚書』、更に彼が説いた教えの記録集である『金光大神御理解集』の三つを集結してまとめたものが、『金光教教典』となっている。〔略〕金光教は〝神と人間の関係を生み出してゆく宗教である〟と言われている。そしてその関係が、いまだ完成されていないと考える。〔略〕神と人間の間に明確な境界線を引かないこと。同じく人間と枯葉の区別をもあいまいにしてしまうことは、一見だらしないようでいて、秘めたエネルギーを持っていると思う。絶対的な力の命ずるところによって、あるものは歓迎し、あるものは排除するというのでなく、善悪、美醜、矛盾、不合理、曖昧《あいまい》、すべてをひっくるめて受け入れようとするのである。たとえ結果がいびつなものになろうとも、堂々と肯定してゆく。それはもう底知れぬ許容量だ(51)。

小川洋子はまた金光教には「死をも含めた天地の神の働きを、全面的に受け入れようとする態度」「神と人とを同じ混沌の中に置くという考え」があるとも述べる。小川によれば、この寛容は文学の寛容にも通じるというのである。

小川洋子の祖母は、「取次者」であった。

祖母は取次者としてお結界《けっかい》と呼ばれる場所に、参拝者に対し横顔を見せる形で座っている。右耳は神様の方、左耳は信者の方に向けて、両方の言葉を平等に聞いている(52)。

金光教は、宗教にしては珍しく、天地創造の問題や死後の世界が他宗教のように明確に記されていないのだという。聖と俗の関係についてもこの神はきれい好く(清浄好き)のない神とされ、社会的に俗とみなされ、不浄・穢汚《わいお》であると忌嫌《いみ》われているもののただなかにこそ、神(聖なるもの)の力の顕現、おかげが受けられるのだとする。

神と日常生活のあいだ、神と信者のあいだを取次ぐのが教会の先生にあたる。「お道引き」をしたちかの叔母も、「取次」を行ったのだろうか。

戦争をはさんでの変容もあった現在の金光教と左川ちかの時代のそれとが同一であったか、また、地域による相違があったのかなかったのかなど、まだ留保すべき条件、明らかになっていない点は多い。

左川ちかの詩篇はいうまでもなく宗教の教義からは自立している。だがところどころ、「おかげ」「拝む」「ありがたう」が詩語として登場し、金光教の文脈と交錯する。

それとも「拝みたい」けれど拝まなかったのが詩人というものだろうか。「誰も聞いてはゐない　免《ゆる》しはしない」からだ。「ありがたうございます」という声にならない声は聞き届けられることはない。声を返してくれるのは、山鳩の声であるか。山鳩は「貰ひ泣き」し、「私の声」ではない声が、返ってくるのか。誰も聞いてはいなくとも、ゆるしはなくとも、祈ることが信仰というものであるなら、詩人は、そのようにはふるまうことができない。経験を浄化する強度は疑いようがないが、そこからもれ出る声は、解消されないままである。

左川ちかの詩が、視覚的なイメージ優位の詩であることは、これまでにも指摘されている。先に言及したように、富岡多恵子は、左川ちかはその詩で「最初からうたうことを拒んでいる」と述べ、「幼い時から病弱で、目が悪く、二十五歳で胃ガンで死なねばならなかった女の才能は一冊の詩集となって、女がうたうという華麗や絢爛を捨てたゆえに世俗が期待する女詩人への興味ももたらさなかった。おそらく左川ちかの生きていた時代には、女の詩人はひたすら女をうたうことにおいてのみ評価された」[(53)]と論じている。

そんな左川ちかにはめずらしく、うたうことを「母」とむすびつけたのが詩篇「言葉」である。

母は歌ふやうに話した
その昔話はいまでも私たちの胸のうへの氷を溶かす　（「言葉」部分）

左川ちかの詩の価値を、できるかぎり実生活との関連ではなく、その詩の言葉にもとめたい。彼女の実人生を記述しようとする言葉から、彼女の詩の言葉がこぼれ落ちて、朽ちてしまうことを怖れる。それでも、左川の「言葉」という詩篇を読むと、詩人の「母」が、父の異なる三人の子を産み、そのひとりが、左川ちかであったことを想い起こしてしまう。そうして「母」と娘の関係について、「母」の声、歌、昔話について、想いをめぐらせずにはいられない。

歌うような「母」の声、その昔話によって、「胸のうへの氷」のように抱えこんだ悲しみ、苦しみを溶かされていく、父の異なる子どもたち。父の不在は、抑圧・管理と引き換えに制度化した庇護をもたらすひとりの家父長の不在である。が、その家父長たちの絆によって構成される社会の残酷に、父のない子どもたちが無力のまま向き合わされ、剝《む》き出され投げ出されることをも意味する。ひとりの「母」が、複数の父たちのあいだで交換されたということでもある。実父ではない父が、母からの子の分離を迫った。この「母」は父の代理をつとめる強い「母」ではなく、婚姻と出産をくりかえすことでしか、生活を成り立たせることのできない弱い立場の女性だった。左川ちかは江間章子に語ったという。「母も運がわるかったのね……なんべんもお嫁に行かなければならないなンて」(54)。

詩篇「言葉」に表されているのは、歌、昔話、あたたかな「声」を手離すことのない、やさしげな「母」である。「私たち」の人称が、左川ちかの詩篇でこんなふうに無防備に用いられることはめずらしい。やさしく弱い「母」を、いたわるかのような、けなげなまなざしがはたらいている。

娘は詩人としてはうたわなかった。それに対して「母」は歌うように話した。母の語りは言語であると同時に音楽であった。歌は子どもたちの胸の氷を溶かす、あたたかな声であり息である。歌に子どもたちの身体は共振し、胸の氷はうちがわから溶けていく。歌は、書き言葉より話し言葉より微熱を帯びて、体温を残している。

詩篇「言葉」の「母」は、娘を捨てる母でもなければ、揺籃をごんごん鳴らす母でもない。

しかし素朴（ナイーヴ）にみえても詩である。母性の表象としての「胸」もしくは乳房は、「母」のそれから「私たちの胸」へ、「私たちの胸のうへの氷」へと再配置されている。そのように「母」の身体は変性し、増殖している。「母」は乳を与えてくれる良い対象（乳房）でなくともよいのだ。「うた」と「声」の領域では「母」は主体である。それは意味と象徴の領域ではないらしい。「私たちの胸のうへ」に「氷」をもたらしたものが、自然の厳しさであれ、社会のつれなさであれ、「母」はそれを癒してくれる。「母」の声、うた、話体は、差異を溶解する。「母」は子どもたちを「私たち」という複数形に溶かし込む。「母」は、たとえば、「私たち」を「息子」と「娘」に差別化しない。

詩人は「母」が、自分との家族関係をぬけだして婚姻し、妊娠し出産する性的な存在であり他者であることを、うけいれた。そのとき詩人は、「娘」であることから、（あるいは女は「母」か「娘」かのいずれかであるしか許されないという異性愛主義の核家族の再生産の体制から）自立することができた。

夭折した娘であり妹である左川ちか自身は、ほとんど母性を感じさせないし、そうあることを求めたとも読めないのだが、詩集のところどころ、「母」の声、「母」をめぐる声が響く。

左川の暴力的なまでに鮮烈なイメージや、抽象の強度や、読む者を挑発する散文詩のレトリックの魅力はいうまでもないことだが、どこからともなくもれ出てくる誰か知らぬ声に、ふと心揺さぶられることがある。うたではない。「私」が「母」と同一化することがないために、他者の声として、他性の声として響く叫び声がある。

森のトンネルをこえて、麓にまでつづいてゐる電信線をつたつて
再び幼かつた頃の思ひ出が戻つて来る
谷間は暗く、そして冷たい
さまよへる声よ
あなたはそこにゐた
雪解の道をわたる商人らを追ひかけてゆく黄昏
軒下を蚊柱が上へ上へとまはつてゐる

あ、あ、帰つてこないか。まつすぐに
楽しい叫びとなり。山々をゆすつて空の彼方へしみこんでしまふ
少年の日の憂ひを深めて、人影はみな遠くへ行く　（「樹魂」）

「電信線」という、モダンな媒体を伝わって幼児期の思い出が戻ってくる。だが電信線を伝わってこだまは響かないだろう。「声」は彷徨《さまよ》う。「あ、あ、帰ってこないか。」という声。帰っておいでと呼びかけるようでもあり、やはり帰ってこないと、あきらめとともに待ちもうけるようでもある。楽しい叫びは、山々をゆする、空の彼方へしみこんで、消えてしまう。声、叫び、そして歌の直接性や体験への

還元といったことがらを、素朴に信じてはいない詩である。声、叫びと、「人影」は剝離し、それぞれ別の道をたどって「彼方へ」「遠くへ」行ってしまう。喪失感。憂いは深まる。

そこに「少年」という、左川ちかの詩にはめったに登場しない性が登場する。「少年」は他性として異性であるのか。遠くへゆく人影は「少年」に変容するということかもしれない。そのように、異性／同性の境界もまた、ひきなおされ、再定義される。

遠く見えるな　遠いな
羅紗のマントにくるまり
霧のやうに紫だ
さぶろう！　さぶろう！　と叫んでは
母親は戻つてくる声をまつてゐる
夏の深い眠りのうへで蜥蜴《とかげ》が
風の吹く方を向いてゐる

近く見えるな　近いな
重さうな膝が動きだしてきた
村はづれで大人達はお天気を心配して
騒ぎ合つてゐる
だまりつこく蹲《うずくま》つて

一日中私達に噂をさせてゐる
断ち割ると花粉のやうに水が流れるのだ　（「夏のこゑ」）

「母」の声は、こだましながら、先の詩篇「樹魂」では「少年」の不在を、この詩篇「夏のこゑ」では「さぶろう」の不在を照らし出す。娘はいるのかいないのかよくわからない。「遠く見えるな　遠いな」「近く見えるな　近いな」とは謎めいた詩行である。なにか凶々しい変事を、手出しすることもかなわずにみまもっているかのような語りである。「母」が待つのは、戻ってくる「さぶろう」であるはずなのに、いつのまにか、「母」自身の「さぶろう」とくりかえし呼ぶ声のこだまが返ってくるのを、むなしく待つことになる。「さぶろう」は帰ってくるのだろうか。遠いのと近いのとは「さぶろう」がみえているということだろうか。それとも「さぶろう」はみえていないのか。なにか天候の変化、海面の変化の予兆のようなものについて語っているのだろうか。「さぶろう」は波にさらわれてしまったのか。

声はこだまのように反響し、つまり二重化され、あてどなくさまよい、行ったきりかえらず、応《いら》えはなく、あるいは遅延している。語りにおいて声は輻輳《ふくそう》している。呼びかけは、帰るべき家郷を持たない者の、帰らぬ者を待つ者の、配偶を持たない者の、叫びにならない声、多声的で無定形な言葉である。「大人達」は騒ぎ、「母」は「さぶろう」の名を呼び、「私達」は「だまりつこく蹲つて」噂をしている。この「噂」は声にもならない、黙りこくった身体と身体が交信し、共有する「噂」であるようだ。「母」の声は、こだまにはなるが、孤立している。「私達」はその声に耳を傾けながら、声にならない声で「噂」をしている。

「断ち割ると花粉のやうに水が流れる」というけれども、何を断ち割るのか、よくわからない。あえて名指すことのないままにされている。何か特定することのできない、植物的な雄性(「花粉」)をおもわせるもの。「花粉」という、唐突な植物的な男性性の登場である。

「母」の声も、いるかいないかわからない娘の声も、「大人達」ではない「私達」の声も、おし殺されている。言葉にならない声であり、「父」の審級をすり抜けて、分節化されず、意味をのがれてしまう。微《かす》かなこだまのように繰り返されたり、もらい泣きのように同調しつつも微細な差異を含みこんだり、とぎれて虚空に消えたりする。それでいて、その声はしたたかでしぶとい。死後の生のもののようである。

左川ちかは詩篇のなかで一度だけ、「父」に言及している。

時々空の破れめから太陽が顔を現しても日脚《ひあし》はゆつくりと追ひかけてでもゐるやうに枯れた雑木林を風のあとのやうに裏返しながら次第に色を深めてゐる。其処は夢の中の廊下のやうに白い道であつた。触れる度に両側の壁が崩れるやうな気がする。並木は影のやうに倒れかかつて。その路をゆく人影は私の父ではあるまいか。呼びとめても振り返ることのない脊姿《うしろすがた》であつた。夜目にも白く浮んでゐる雪路、そこを辿るものは二度と帰ることをゆるされないやうに思はれる。幾人もの足跡を雪はすぐ消してしまふ。死がその辺にゐたのだ。人々の気付かぬうちに物かげに忍びよつては白い手を振る。深い足跡を残して死が通りすぎた。優しかつた人の死骸はどこに埋つてゐるのか。私達の失はれた幸福もどこかにかくされてゐる。朝、雪の積つた地上が美しいのはそのためであつ

た。私達の夢を掘るやうなシャベルの音がする。（「冬の肖像」部分）

左川ちかは実父の顔を知らない。実父は僧侶という伝聞もあるが、先に言及したように彼女の実家は金光教会の信者だった。彼女には父の異なる兄と妹がいる。実父という家父長が不在であることは、家族のなかの娘を直接に抑圧する男性と同居する経験を持たなかったということである。異父兄・昇は、彼女にとって文学への導き手であり、理解者でもあった。抑圧的な家父長ではなかった。彼女は、家族のなかの男性に、学ぶこと、働くこと、家を出ることを阻害されてはいない。その反面で実父の不在は、家父長たちの絆（ホモソーシャル）によって構築される社会に、その暴力の渦のなかに、庇護者としての父なしに、子どもたちが放り出されていたということをも意味する。実父の不在ゆえに、実母の再婚、再再婚は妨げられることがなかった。父を奪われていたことは母を奪われる結果を、招き寄せた。

実父を知らない詩人は、「呼びとめても振り返ることのない脊姿」として、「私の父」を想い描く。「夢の中の廊下のやうに白い道」は、詩人が想像された「父」を産み出す産道のメタファーでありうる。

水田宗子は、「それは、癒しをもたらすとは言えないが、詩人の原風景なのかもしれないと思わせる、深い記憶の底の世界、眠りの中に繰り返し現れる夢の原型を想起させる」[55]と読んだ。だが「白い道」の様子はもろく、あやうく、「触れる度に両側の壁が崩れるやうな気がする。並木は影のやうに倒れかかつて」いる。

死と再生の産道として確実に機能してくれるかどうかわからない風景のなかに、「父」の後ろ姿が喚び起こされている。「父」を産むという、死と再生のモチーフは、「死」の手触りだけを残して、通り過ぎてしまったのである。

第二章

左川ちかを読む1

——詩的生態系の攪乱

第一節　動物になる――「青い馬」

彼女の生前には翻訳詩集『室楽』があるきりだったが、死後ほどなく昭森社より『左川ちか詩集』が刊行された。「月夜の縞馬」のモチーフなど、三岸節子の装画による。三岸の夫・三岸好太郎は北海道出身で、詩誌『椎の木』の挿画も手掛けていた。三岸節子「月夜の縞馬」のデッサンは、伊藤整訳『チヤタレイ夫人の恋人』（健文社、一九三五年）の装丁にも用いられていた。伊藤整がこれを『左川ちか詩集』の装丁、挿画にも使ったのである。

馬は左川ちかの重要な詩的モチーフだった。ここからしばらく、左川ちかのテクストの精読とイメージの分析を続けたい。

馬は山をかけ下りて発狂した。その日から彼女は青い食物をたべる。夏は女達の目や袖を青く染めると街の広場で楽しく廻転する。（「青い馬」部分）

春山行夫は、左川ちかの作品について「一語一語づつふやして作品のなかに出来上つた秩序」「どこまでもふえてゆく秩序」であり、「詩の秩序が最早作者にも理解できないやうにまで見えてくる」(1)と指摘した。左川ちかの散文詩は、一文ごとに新たな文脈が現れ、イメージに新たな意味が生じる。そして先の行の意味を塗り変えていく。続ける、つながるというよりは、ふくらんではそのつどさきだつ詩行の意味を切断し、飛躍し、駆け出す。

その意味で、「馬」は左川ちかの、方法を体現する象徴的な生きものでもある。

詩篇「青い馬」は、左川ちかの詩篇はいつもそうなのだが、読者からたくさんの問いを引き出す。「馬」は野生の馬であるのか、家畜であるのか。「馬」が発狂するとはどういうことか。暴走し、山をかけ下りるほかに、どのような症状が「馬」の狂気であるのか。「馬」は、人間が発狂するように発狂するのか。「馬」は、発狂することで、より、人間の手に負えぬ他者となるのか。「馬」は馬自身にも統御できない何かになってしまうのか。その場合、「馬」は馬でなくなるのか、牡馬がオスらしくなく、雌馬がメスらしくなく変わってしまうのか——ここに表現されているのは、擬人法というようなものではない。「馬」を人間になぞらえるというより、もっと暴力的な力が言葉にはたらいている。

発狂した「馬」が、表題の通り青い馬であるのかどうかは、テクスト本文では明示されていない。「馬」がオスであるのかメスであるのかも書かれてはいない。

「馬」の発狂の日から、青い食物をたべはじめる「彼女」は、「馬」に種差を超えて共振している。発狂した「馬」と「彼女」は結びつけられている。食は性のメタファーとなりうる。しかしそれにとどまらない。分岐がある。「馬」がオスである場合とメスである場合との相違である。「馬」がオスである場合、もしくは「馬」が男性性のメタファーである場合、「彼女」との共振には異性愛の比喩的な意味合いが含まれるとも読める。他方、「馬」がメスである場合は「彼女」と呼ばれる者が、その発狂した「馬」それ自体であるかもしれない。あるいは異性愛を逸脱した性愛の比喩であるのかもしれない。

「彼女」が「馬」である可能性も否定はできない。「馬」イコール「彼女」と解釈する読者もいる。

ここでは、さしあたり「馬」の性別を宙吊りにしたまま読み進める。仮に「彼女」が人間である場合、青い食物をたべるのは、「馬」の狂気が伝染したしるしであろうか。それとも「彼女」は「馬」の圏域にとらえられ、動物化するのだろうか。「馬」という特定の種の生きものが、発狂せずとも青い草をたべるように、「彼女」は青い食物をたとえば草をたべるのだろうか。さらに問うなら「青い」食べ物は「緑」の食べ物とは分類を異にするだろうか。

もし「彼女」が肉食ないし雑食の人間であれば、青い食物には、青い「馬」もふくまれるのだろうか。食べる者の身体が食物によってつくられるとしたら、「彼女」も青いもの、青い生きものに変身するだろうか。

悩ましいほどに多義的な詩である。そこにこの詩篇の可能性がある。問題提起がある。左川ちかの詩篇は謎と問いにあふれている。

こんなに悩ませられるのは、食物連鎖、というよりは、食べるものと食べられるもののあいだに境界を引く、人間を進化の頂点に置く、人間中心主義的な種のヒエラルキーが、どうやら壊れているからである。「馬」が発狂したその日から、「彼女」の食行動、食の欲望には狂いが生じ、変化し、その変化は、食べる者＝人間を頂点に置く生物間の階層秩序を変えてしまうのだ。青い食物をたべるという行動は、「馬」の狂気に伝染した「彼女」の症状であるかもしれない。

そこに「夏」が、自立した生き物のように描かれて、登場する。振り返ると、「夏」に、発狂した馬のイメージを重ね合わせることも可能である。「夏」は狂った「馬」のように、踊る「女達」のように、街の広場で楽しく「廻転」する。ここで「女達」は複数になる。「馬」と「夏」と「女達」は同一ではないまでも、連鎖している。「女達」の目や袖が青く染まるのは、彼女たちの食物とは関係がないのだろうか。狂気とは関係がないのだろうか。

青い食べ物をたべると青く染まる。それから、「夏」の陽光は「女達」の目や袖を青く染める。「夏」は楽しく廻転し、おそらく「女達」も楽しく廻転する。回転運動は、理性の直線的進行から逸脱しためまい、遊戯、快楽、狂気を伴う。回転運動の遠心力は、理性から遠ざかる力でもある。「馬」が発狂して馬ではないものに変容するように、「女達」も女達ではないものに変容するかもしれない。青い食物には、たとえばぶどうのような果実もあることを想い起こしてもよい。豊饒、性、演劇、美酒の神バッコスとその信徒の女性たちの恍惚の宴を連想する。バッコス(男性神)抜きの、女性たちの狂宴かもしれない。バッコスの代わりに「馬」が主宰する饗宴でもよい。


悲しい記憶は手巾のやうに捨てようと思ふ。恋と悔恨とエナメルの靴を忘れることが出来たら！

私は二階から飛び降りずに済んだのだ。（「青い馬」部分）

次々と問いが重なるなか、古代的原初的な狂気と性と食のモチーフから「恋」と「エナメルの靴」というモダンなモチーフへと転調する。

そして、ここにいたって、読者は「私」が二階から飛び降りたことがあると、知らされる。そしてふたたび詩行を振り返ると、二階から飛び降りるという激情にかられた「私」の行動は、山を駆け降りて発狂した「馬」の暴走と並行する表象ではないかと気づかせられる。「私」は「馬」と換喩的な関係におかれている。内なる他者、他者としての私、分身といってもよい。つまり「馬」の狂気が伝染するかのように、イメージはどんどん増殖しているのである。

そこに最後の一行が到来する。

海が天にあがる。

海が天に、狂気の馬が駆け降りた山よりも高く、まるで天と地とが逆転するかのように、世界がくつがえされる。山をかけ下りて発狂した馬、二階から飛び降りた「私」、いずれも上から下への垂直な運動であり転落である。狂った馬でなくとも、下降することは意味づけられている。つまり、上と下は、対称的な方向ではなく、上から下への移動には、狂気や、共同体への訣別や、秩序の崩壊といった意味づけがなされているのである。後に左川は詩篇「朝のパン」のなかで「つひに私も丘を降りなければならない。」と書いた。

その転落の狂気と悲嘆に対して、「海が天にあがる。」という、垂直軸の上昇の表象は、人事を超え、自然現象を超えた出来事を現前させる。ここでは、下から上への移動は、形而上学的な理念には結びつかない。ただ上／下の対置は暴力的に反転させられ、上から下への移動よりも、下から上への移動のほうがはるかに規模は大きく、上と下は、再配置される。「海」は物理的な力を持つ。

「海が天にあがる。」――「天」が現れる。が、「天」は万能ではない。ここにいたる狂気や悲劇を、天が埋め合わせすることは、おおげさにいえば、あがなうことは、少なくともこの詩のなかでは、できはしない。むしろ「海」という自然の物理的な力によって「天」が圧倒されるような運動イメージが読み取れる。切り立った垂直の運動、上方の意味する天上性と下方の意味する食と性と乱舞する肉体性と、その非対称的な関係性はくつがえされながら駆け抜けられていく。

もっとも、「私」という作中主体が女性であると明示されているわけではない。「馬」と「彼女」「私」

の性差は、さらに多義的に読まれうる。いや、どうしても一対の男女の異性愛に還元できず、多義的にしか読まれえない。

「青い馬」は、失恋の詩であるといってまちがいはないはずなのに、そこに現れては消える関係性は、人と動物の種差を横断してしまう。男性性／女性性の一対にはどのようにも収斂しない。

いずれにしても、この詩篇の狂気と食と舞踏の換喩的な増殖は、異性愛の秩序を逸脱している。——ここにいう異性愛の秩序とは、性的欲望、性行動、性現象としての「セクシュアリティとジェンダーとセックス（解剖学的な性差）が同延上に重ね合わされて理解され、近代市民社会を支えるある種の異性愛を強制する〔ヘテロ〕セクシズムがつくられていった[2]」という竹村和子による再定義を踏まえている。

「青い馬」は知られている限りでもっとも初期の左川ちかの詩篇であり、「悲しい記憶は手巾のやうに捨てようと思ふ。恋と悔恨とエナメルの靴を忘れることが出来たら！／私は二階から飛び降りずに済んだのだ。」と、失恋とも呼べる事態が記されている。その詩篇の冒頭が前掲の引用部の「馬」の発狂である。「恋」「エナメルの靴」といった言葉の向こうに、モダン都市に生きる若い女性詩人像によりそう衣装や風俗の諸相を再構成することは可能だ。が、ここに描かれた失「恋と悔恨」には、一対の男女の関係の破れといった枠におさまらないところがある。「二階から飛び降り」るという激情と相関するのは、「恋と悔恨とエナメルの靴」にふさわしいモダンな意匠ではない。「馬」である。

春山行夫に倣うなら、詩の秩序においては、その激情に値するのは、詩の冒頭に提示された「馬」の狂気と食と舞踏の連鎖である。そして「恋と悔恨とエナメルの靴」という軽やかに自己完結したイメージの系列を一方の極とし、「馬」の狂気と食と舞踏の系列をもう一方の極として、そのいずれにも、「二階から飛び降り」た「私」と対をなす異性は登場しない。その代わりに性別が曖昧なあるいは狂気によって攪乱された「馬」という動物がいて、「女達」がいる。詩のなかでは、失恋という事態が、そこで潰えた欲望が、異性愛の秩序から解き放たれてしまっている。だからこの詩を詩人の体験に還元することは矮小化にすぎないといえる。

かといって朧化《ろうか》のような修辞が用いられてるのではない。むしろ冒頭の「馬は山をかけ下りて発狂した。」から結句の「海が天にあがる。」まで、決然とした無駄のない文体であるといってよい。山をかけ下りる「馬（UMA）」から天にあがる「海（UMI）」への頭韻を踏んでの音の転移も、詩の論理に照らして構築的であり、必然性を印象付ける。停滞のない、いさぎよい、乾いた抒情――というよりは激情とカタストロフである。

なのに多義的に読まれてしまうのは、ここで追求されている（失）恋が、人間の、異性愛の男女のあいだに収斂するできごととして描かれていないからである。むだを削ぎ落とされた詩行に、複数の可能性、選択肢、伏線がはりめぐらされている。

語りの多義性に加えて、インターテクスチュアリティ(3)がもたらす多義性や奥行きがある。

第二節　アダプテーションとインターテクスチュアリティ

もとより「青い馬」は、『ヨハネの黙示録』第六章第八節に記される、「蒼ざめた馬」を想起させる。終末のときに、第四の封印が解かれると現れる騎士は、青白い馬（蒼ざめた馬）に乗った「死」である。黄泉《よみ》（ハデス）を伴っている。疫病や野獣をあやつり、地上の人間を死に至らしめる。

そして、〔小羊が〕第四の封印を解いた時、私は第四の生き物の声が、「出て来い」と言うのを聞いた。私は見た、そして蒼白い馬が〔現れた〕ではないか。その馬に乗っている者、その者の名前は「死」と言い、彼の後に、〔別の馬に乗った〕黄泉〔の主《しゅ》〕が付き従っていた。そして、地上の四分の一を支配し、太刀《たち》と飢饉と悪疫と地上の野獣とでもって〔人間を〕殺す権能が彼らに与えられた。(4)

馬を青いという場合の「青」は、ギリシャ語のchloros（クロロス、緑）がpale（ペール、青白い）と訳されたものといい、病的な緑、または、灰色と訳されることもある。ロープシン(5)のテロリストの手記は『蒼ざめたる馬』の表題で青野季吉《すえきち》が訳出していた。アナキズム的傾向のあった初期の林芙美子《はやしふみこ》は、詩集『蒼馬を見たり』（南宋書院、一九二九年）を上梓していた。小津夜景《おづやけい》は、左川ちか「青い馬」の最後の詩行「海が天にあがる。」について「その眩暈《めまい》のような言い回しの出どころは「潮が満ちる」を意味する外国語の直訳である可能性が濃厚だ」と指摘する。その転調も含めて、「萩原朔太郎「蒼ざめた馬」を構造変換したものとして読める(6)」と主張している。萩原朔太郎「蒼ざめた馬」は、『青猫』（一九二三年）所収の詩篇である。

冬の曇天の　凍りついた天気の下で
そんなに憂鬱な自然の中で
だまつて道ばたの草を食つてる

みじめな　しよんぼりした　宿命の　因果の　蒼ざめた馬の影です
わたしは影の方へうごいて行き
馬の影はわたしを眺めてゐるやうす。

ああはやく動いてそこを去れ
わたしの生涯《らいふ》の映画膜《すくりん》から
すぐに　すぐに　外《づ》りさつてこんな幻像を消してしまへ
私の「意志」を信じたいのだ。馬よ！
因果の　宿命の　定法の　みじめなる
絶望の凍りついた風景の乾板から
蒼ざめた影を逃走しろ。（「蒼ざめた馬」）

朔太郎は「生涯の映画膜」に「らいふ」の「すくりん」とルビを振っている。その文字と音との二重性は、「風景の乾板」といった、映画、写真というモダンなメディアをモチーフとしている点もあわせて、この心象風景に陰翳《いんえい》をもたらしている。「影」と「わたし」の二重性、揺らぎと「意志」の葛藤は近代的な主題である。これと比較するなら、速度、垂直運動、回転運動といったダイナミズムが、左川ちか「青い馬」を、さらに現代的な詩篇にしていることはいうまでもない。

小津夜景は「構造変換」といった。

小津は左川ちか「昆虫」の冒頭「昆虫が電流のやうな速度で繁殖した。」について、堀口大学「毛虫」

の「電気広告／光の毛虫が／はひまはり／はひまはり(7)」を彷彿させるという。また、「水夫が笑つてゐる。／歯をむきだして／そこらぢゆうのたうちまはつてゐる／バルバリイの風琴のやうに。」と始まる左川ちかの詩篇「波」については、ジャン・コクトー「手風琴」（堀口大学訳）の「馬車馬のやうな手風琴よ／断末魔の呼吸《いき》を引きとつて／お前はいま死んでゆく／御者《ぎょしゃ》の膝の上で／歯をむき出して笑ひながら(8)」の詩篇と対照する。そして仮説を提出する。「ちかの詩才は翻訳同様、それが世界を構造変換する作業であることと無関係ではない(9)」と。

翻訳・翻案（アダプテーション）、インターテクスチュアリティ（間テクスト性）、パロディ、オマージュ、パスティーシュ（文体模倣）、つくりかえ。

それらの技には、左川ちかの方法の秘密がある。左川ちかと先行詩篇との関係については従来伊藤整のそれとの関連が指摘され、それが特化されたり、実生活上の関係に帰せられたりしがちであった。だが、伊藤整の詩篇についてだけではなく、左川ちかは、さまざまなテクストを翻訳・翻案し、つくりかえるように読み、書き、そのことによって詩の歴史のなかにみずからの居場所をつくりだしていたのだ。自分自身の詩も読みかえ、つくりかえた。そこに批評性もパロディも、挑発も含まれる。つくりかえに停滞はなく、速度と強度が、先行する詩篇を置き去りにして圧倒する。そして小津の指摘する通り、テクストを読み、書くように、世界を翻訳・翻案し、つくりかえたのである。実生活の幅がどんなに制限されていたとしても、許された人生の時間がどんなに短くとも、その翻訳・翻案・引用・つくりかえの、読み書きのいとなみが左川ちかの世界を普遍的で広大なものにした。

リンダ・ハッチオンは、アダプテーションを「反復であるが、複製をしない反復」「翻案元作品との広範な間テクスト的繫がり(10)」と定義する。

これに先立って、「間テクスト的繋がり」すなわちインターテクスチュアリティ（intertextuality、テクスト間相互関連性、間テクスト性）について、読書行為とは読者とテクストの無媒介な対話ではなく、（再）構築されつつ機能する読解のコードを介した、作者と読者との間主観的ないとなみであると、ジュリア・クリステヴァは定義していた[11]。以後インターテクスチュアリティは、狭義において、引用、吸収、つくりかえなどの文学テクスト間の相互交渉[12]を、広義においては文学テクストと「文化のテクスト」ないし「非言語テクスト」との交渉[13]を指すことになった。

言い換えるならアダプテーションとは、第一に〈形ある物体あるいはプロダクト〉として「特定の作品の公表された包括的な置換」であり、第二に〈製作のプロセス〉として翻案行為に「（再）解釈と（再）創造」の両方が含まれる。第三に〈受容のプロセス〉という観点からみると、「アダプテーションはインターテクスチュアリティの一形態[14]」ということになる。ハッチオンはまた、受容者はアダプテーションを、他作品の記憶を呼び起こすパリンプセストとして体験する、と述べる。「パリンプセスト（Palimpsest、フランス語ではパランプセスト）」とは、羊皮紙の写本に書かれた記号を消して上書きしたものを指す。これを、あるテクストはつねに他のテクストを隠し持つ[15]として、上書き的な二重化（多重化）を読むこと、読むことの二次性（二重性）の考察におもむいたのが、ジェラール・ジュネットであり、ハッチオンもそれをふまえている。

第三節　青

左川ちかの詩篇における「青」について、水無田気流《みなしたきりう》は、「自然光線が最も美しく輝く青空や水のせせらぎ「ではない」、鮮烈で「不自然」な青」「近代の青」[16]と呼ぶ。それは「旧来の「伝統的・普遍的な美」との決別の狼煙《のろし》であり、ボードレールが「近代生活の画家」で指摘した、「偶然性に支配される不確かなもの」の象徴」にみえるともいう。「モダニズム芸術の作家は、ほぼ例外なく「伝統的・普遍的な何か」が、近代化の渦中で次々と反転する様を切断して見せる」、左川ちかの場合その「術」として、「単なる言葉よりも高速でそれを印象づけるため、極めて効果的に色彩を使う」と強調している。

つまり、抽象的な色彩の詩語は、具象の詩語よりも高速である。「青」は、左川ちかの詩の速度の秘術なのである。「青い馬」もそうだろう。

左川ちかの詩篇から「青」を抜き書きしてみる。

さやうなら青い村よ！　（「私の写真」部分）

夜の口が開く森や時計台が吐き出される。
太陽は立上つて青い硝子の路を走る。
街は音楽の一片に自動車やスカァツに切り鋏まれて飾窓の中へ飛び込む。
果物屋は朝を匂はす。
太陽はそこでも青色に数をます。　（「出発」部分）

染色工場！

あけがたはバラ色に皮膚を染める。
コバルト色のマントのうへの花束。
夕暮の中でスミレ色の瞳が輝き、
喪服をつけた鴉《からす》らが集る。
おお、触れるとき、夜の壁がくづれるのだ。

それにしても、泣くたびに次第に色あせる。（「青い道」部分）

「青」は増殖する。「あけがた」「夕暮」「夜」と、境界領域の色、疾走する時間の色でもある。そして、「青」には「コバルト色」「スミレ色」、そのほか左川ちかが愛した「アメジスト色」などの幅や差異があり、「青」は豊かに揺らいでいる。「青」は、一方で太陽の色であり、他方では「喪服」と「夜」の「黒色」を呼び出す色味でもある。それは軍人や看守の制服の色であり、植物の血液のような樹液の色でもある。

第四節　複数の馬

くりかえすが、「馬」は、左川ちかにとって特別な詩語であり、特別な動物であった。

髪の毛をふりみだし、胸をひろげて狂女が漂つてゐる。
白い言葉の群が薄暗い海の上でくだける。
破れた手風琴、
白い馬と、黒い馬が泡だてながら荒々しくそのうへを駈けてわたる。（「記憶の海」）

前章で言及したレズニコフの詩篇の「黒い馬と白い馬」が、ここに再生している。「馬」は荒々しい。ここに性的な喩えを読む説もある。「破れた手風琴」と胸をひろげた「狂女」は、隣接している、もしくは、胸をひろげて漂う「狂女」のメタファーが「破れた手風琴」なのだから、白い馬と黒い馬は、「狂女」のうえをも駆けてわたるのだろう。とすれば、「馬」とは男性性の表象なのだろうか。だが、二頭の「馬」がどちらもオスであるとはかぎらない。あるいはどちらもオスであるとしても、ひとりの「狂女」にとっては、過剰な、逸脱した対象であろう。もしくは、白い馬と黒い馬がつがいの雌雄であるかもしれず、どちらもメスであるのかもしれない。つまりそこに、死にいたる暴力的なエロスを読むとしても、それは男女の異性愛の形象には収斂しない、そして種差を横断する、クィア（奇妙な、曖昧な、脱異性愛的な）なエロティシズムであるということになる。左川ちかのエロティシズムは、男性女性の異性愛モデルを逸脱している。

反面、エロティシズムが死に接するものであるという認識は、ジョルジュ・バタイユに通じる。

歓楽は死のあちら　地球のあちらから呼んでゐる　例へば重くなつた太陽が青い空の方へ落ちてゆ

くのを見る　（「緑色の透視」部分）

「歓楽」「死」「太陽」「青い空」という詩語に、エロティシズムを語るバタイユの哲学的概念とのシンクロニシティを読みたくなるのも無理はない。

左川ちか「記憶の海」には、言葉についての詩としての側面もある。薄暗い海の上でくだける「白い言葉の群」は、白紙に記された黒い文字の群とは異なり、読むことのかなわない言葉の群である。届かない言葉、意味する力はあるのに、砕け散ってなにものをも指し示すことのない言葉である。それは「狂女」の叫びかもしれない。もしくは、髪の毛を振り乱し、胸をひろげて漂う「狂女」こそが、砕け散った意味そのものの表象とも読める。

鳥居万由実は、「「破れた手風琴」に象徴されるように、みずからの言葉を発することに失敗した女が狂って死んだように海面に漂っており、その上ではじめて、「白」と「黒」の馬、すなわち文字が、内面の衝動を現す詩的な存在が、立ち上がっている(17)」と読んでいる。

鋪道《ほどう》のうへに雲が倒れてゐる

白く馬があへぎまはつてゐる如く　（「The street fair」部分）

「馬」の形象は、海や雲、自然のただなかにも、他方、都市の鋪道のうえにも喚び起こされる。喘《あえ》ぎまわる、それは、苦痛の、断末魔のありようだろうか。息絶え絶えに、しかしながら、はげしく呼吸し、その「馬」の吐く息自体も雲のようなのである。「雲」の擬人化、「雲」の動物化というだけでは足りない。「雲」という外界、自然そのものが、ヒトではないヒトとして、モノではないモノとしてつかみなおされ、ヒトとモノの衝突し交錯する、その荒々しい生と死とエロスがあらわしだされているのである。

馬が嘶《いなな》きながら丘を駆けてくる。鼻孔から吐きだす呼吸はまつ白い雲であつた。彼はミルクの流れてゐる路をまつしぐらにやつてくる。私は野原は花が咲いたのかと思つた。（「指間の花」部分）

左川ちか自身が翻訳したレズニコフの詩篇からの引用があり、自身の詩篇「The steet fair」の変奏もある。

「馬」の吐き出す息は、「雲」であり「ミルク」であり、「花」でもある。それらは、「馬」の駆ける方向の、その先に、前方に展開し、流れる。それを「馬」は追い越し、横断してやってくる。「私」は、「馬」の息を「雲」とも「ミルク」とも「花」とも見紛う。「私」の見方は、「私」と「彼」すなわち「馬」を、主体と客体とに峻別するような見方ではないのである。あえて見紛いつつ、「私」と「彼」すなわち「馬」とは近づいてゆく。

左川ちかの生前、最後に発表されたと考えられている詩篇「季節」（同じく「季節」という表題の詩篇が『モダン日本』一九三四年一一月号に発表されているが内容は異なる）のなかにも「馬」は登場する。

晴れた日
馬は峠の道で煙草を一服吸ひたいと思ひました。
一針づつ雲を縫ひながら

鶯が啼《な》いてをります。
それは自分に来ないで、自分を去つた幸福のやうに
かなしいひびきでありました。
深い緑の山々が静まりかへつて
行手をさへぎつてゐました。
彼はさびしいので一声たかく嘶きました。
枯草のやうに伸びた鬣《たてがみ》が燃え
どこからか同じ叫びがきこえました。
今、馬はそば近く、温いものの気配を感じました。
そして遠い年月が一度に散つてしまふのを見ました。（「季節」）

中保佐和子『The Collected Poems of Chika Sagawa』の序文に、左川ちかの詩にナラティヴは不在であると述べられているのだが、左川の晩年（それはあまりに早い晩年であった）には、「季節」のように話し言葉の語り口で、物語性を帯びた詩が幾篇か書かれている。

左川は、親しくした詩人・江間章子に、小説を書きたいと語ったことがあったという。詩篇「季節」は小説ではないが、寓話的な一篇である。

このような手法を、死を前にした衰弱、散文への拡散と片付けることはできまい。たしかに、そこにはすでに、彼岸と此岸《しがん》の境界に身をおくようなまなざしと、響きと、気配がある。「自分に来ないで、自分を去つた幸福のやうに／かなしいひびき」という詩行に概括されてしまう、短い生の悲哀がある。

さびしくて断くという「馬」は、擬人化し、そこに「私」が感情移入されているのかもしれない。「馬」の断きに、どこからか応える「同じ叫び」は、こだまのようでもあり、彼岸からの応答のようである。こだまとして声が二重化し、分裂し、痕跡と化し、遅延して届いたとも解釈できる。すでに生者の声ではない。ただしその彼岸性は「温いものの気配」として感じとられるものだ。生の遠い年月が一度に散ってしまうとは、やはり、死の気配を意味するはずだが、それはかならずしも恐怖の対象ではない。そこに詩人が体験する死の訪れとは別次元の彼岸性が読みとれる。

感傷だけではない。燃えあがる馬の鬣という表象は、サルヴァドール・ダリのシュルレアリスムの絵画を彷彿とさせるところもある。つとに新井豊美が、左川ちかの詩想に、ダリの「内乱の予感」に通じるものがあると指摘していた。新井は「思考が生命の先端に届くところで出会った独特の不安でシュールなイメージ」[18]という形容をしている。

もっともダリの「内乱の予感」は一九三六年の制作であり、素描や版画を含むダリの作品が日本で展示されたのは一九三七年のことなので、その前年に亡くなった左川の目にダリのどの作品であれ、触れる機会があったかどうか。左川ちかの詩想にあったものは、「内乱の予感」の予感、のような同時代性、シンクロニシティである。これについて、ルッケル瀬本阿矢は、『詩と詩論』『マダム・ブランシュ』の寄稿者である飯島正や瀧口修造らがサルヴァドール・ダリを原書でみて紹介した事例があるため、左川ちかもそれらの雑誌を閲覧した可能性があるのではないかと示唆している[19]。

第五節　牛たち

左川ちかの詩が、ガリシア語、スペイン語で翻訳された理由がわかるような気がする。彼女の詩のなかに、猛々しく死と隣り合わせの闘牛たちがいる。

酔ひどれびとのやうに
揺れ動く雲の建物。

あの天空を走つてゐる
古い庭に住む太陽を私は羨む。

二頭の闘牛よ！
角の下で、日光は血潮のやうに流れる。
其処では或ものは金ピカの衣服をつけ
或ものは風のやうに青い。

その領土は時として
単純なる魂の墓場にすぎない。（「単純なる風景」部分）

角の下で血潮が流れるのではない。血潮が日光のようなのではない。日光が血潮のように流れるのである。「闘牛」が「太陽」の比喩であると読むこともできよう。「太陽」が複数ありうる。その比喩が、単純にみえる闘牛の風景を、幻視の光景に変える。

闘わない牛もいる。だが、飼い慣らされ、家畜化されたというのとは少し違う。

八月はやく葉らは死んでしまひ
焦げた丘を太陽が這つてゐる
そこは自然のテムポが樹木《たちき》の会話をたすけるだけなのに
都会では忘れられてゐた音響が波の色彩と形を考へる
いつものやうに牧場は星が咲いてゐる
牝牛がその群がりの中をアアチのかたちにたべてゆく（「夏のをはり」部分）

「葉ら」という複数形、ここも直訳的であり、また擬人的である。「ら」を多用する複数形には、どこかしらで方言の響きに共振するところもある。(20)

それにしても、葉が枯死《こし》し、丘は焦げているというのに、牛たちは何を食べればよいのだろう。牧場の星、それは星のように咲くクローバーという喩えかもしれないが、実景とは別の次元の牛たちが二重写しになる。「アアチのかたち」に食《は》み跡を残し、牛たちは、抽象画家のように、牧場に地上絵を記す。牛たちとともに太陽はある。左川ちかの詩語における太陽の意味については、後でまた語ろう。それから、より飼い慣らされた生きものについては以下を引用する。

咲き揃つた新しいカアペットの上を
二匹の驢馬《ろば》がトロッコを押して行く
静かに　ゆつくりと
奢《おご》れる花びらが燃えてゐる道で　（「暗い歌」部分）

静かに、ゆっくりと、穏やかな光景にみえるものの、燃えている道である。さらに荒ぶる獣たちについては以下を参照する。

白い肉体が
熱風に渦巻きながら
刈りとられた闇に跽《ひざまず》く
日光と快楽に倦《う》んだ獣どもが
夜の代用物に向つて吠えたてる　（「太陽の唄」部分）

前章で、ミナ・ロイ「寡婦のジャズ」のつくりかえとして言及した詩である。つくりかえとしての二重性は、この詩に新たな謎を与えている。「刈りとられた闇」が「夜の代用物」に変容するのか。闇はどこから刈りとられ、どこに置かれているのか。「日光と快楽に倦んだ獣ども」の表象に、フォーヴィズム（野獣派）の光と闇を連想する。
太陽が姿を隠した闇のなかでは、炎があたりを照らす。

春が薔薇をまきちらしながら
我々の夢のまんなかへおりてくる。
夜が熊のまつくろい毛並を
もやして
残酷なまでにながい舌をだし
そして焰は地上をはひまはり。（「目覚めるために」部分）

燃やされる熊。あらあらしい暴力的な表象と、端正な詩語が共存している。自身の言葉を恣意的に自走させることのない厳しさが、暴力の開放と拮抗して強度を生み出しているのだ。左川ちかの言葉によるフォーヴィズムの強度は、同時代の女性詩人にも男性詩人にも、及ぶところではなかった。

第六節　鳥になる／鳥になれない――水鳥、山鳩、閑古鳥、レグホン……

左川ちかは、空かける翼もつ鳥の自由に憧れるという種類の詩人ではなかった。つまりその種のロマン主義的な憧れは断念されていた。

人々が大切さうに渡していつた硝子の翼にはさんだ恋を、太陽は街かどで毀《こわ》してしまふ。（「ガラスの翼」部分）

神々がイカロスの野望を憎み、イカロスの翼を毀したように、神なき時代にも、太陽は「硝子の翼」ごと、「翼にはさんだ恋」を毀してしまう。翼は脆《もろ》くて、あてにならない。あてにしない。

秋が粉砕する純粋な思惟と影。
私の肉体は庭の隅で静かにそれらを踏みつけながら、
滅びるものの行方を眺めてゐる。
樹の下で旋回する翼がその無力な棺となるのを。（「葡萄の汚点」部分）

翼は、「無力な棺」へと変貌する。「滅びるもの」としての「純粋な思惟と影」である。そこには絶望があり、絶望から疎外された「肉体」がある。
一方で、翼をもたないが羽毛はあるのだった。

夜の鳥はその羽毛を一枚づつまきちらしてゐるのであらうか？　空気を羽搏《はばた》きつつ、軟《やわ》い羽毛が一時に飛翔するために全部のあかりを覆つてしまふのでぼんやりとしたランプが街路を充す。（「硝子の道」部分）

「鳥」についての詩かとおもいきや、「夜」についての詩なのであった。「夜の鳥」は「夜」の闇そのものである。「夜」の闇が光をおおってしまうのでランプの灯火が必要となる、というのが論理的な因果関係だとしたら、詩は、その論理を脱臼させる。自然の法則の顚倒《てんとう》である。「夜の鳥」の「羽毛」におおわれて、ランプが街路をみたす都市。それはアーク灯、ガス灯、電灯に照らされる都市よりは、すこし古さびた都市風景だろう。時の揺らぎがある。モダニズムが併行して生み出すノスタルジアがある。翼ではなくて羽毛が「私」と結びつけられる。

山鳩は失つた声に耳を傾ける。（「白く」部分）

山鳩は里山に住んで、ゆるやかにひとびとのいとなみと接触している。首を傾げる山鳩の仕草が、妙にヒトじみてみえることがある。みずからの声に耳を傾ける山鳩は、みずからの声に遅れている。鳴き声を上げること自体が声を失うことに等しいのだろうか。山鳩は、おおむね雄が鳴くとされているので、山鳩の失った声は、失われた番《つが》いの声の換喩かもしれない。それとも山鳩の声の喪失は、歌を忘れたカナリアのように寓意的だろうか。

この詩のなかには二人称「あなた」(「あなたはゆつくりと降りてくる」)と一人称「私」(「私は時計をまくことをおもひだす。」)も登場する。山鳩が耳を傾ける、声を喪失した主体は山鳩自身かもしれず、「あなた」かもしれず、「私」かもしれない。

暗い樹海をうねうねになつてとほる風の音に目を覚ますのでございます。
曇つた空のむかふで
けふかへろ、けふかへろ、
と閑古鳥が啼くのでございます。
私はどこへ帰つて行つたらよいのでございませう。
(「海の花嫁」部分)

「閑古鳥」が人語を話し、「私」は「閑古鳥」の鳴き声を解する。望郷の念をいたく刺激される。だが「私」に帰るところはなく、あてどなく、とまどわされるばかりである。擬声語とは意識の未分化な状態の感覚的表現であり、原初的な印象を与える表現である。これに対して、閑古鳥の声に人語の意味を読むとは、関係性を求めてやまない淋しさのあらわれだろうか。閑古鳥の声は、無心のようでもあり、「私」の想いを先取りしているようでもある。だが閑古鳥と「私」は圧倒的に非対称の関係であり、「どこへ帰つて行つたらよいのでございませう。」という問いに応える者は誰もいない。応答も対話も成立しない。淋しさはつのるばかりである。

鳥の鳴き声を人語のように読むという詩については、伊藤整『若い詩人の肖像』に言及がある。そこでは丸山薫「病める庭園《にわ》」が引用されている。「病める庭園」には次のような詩行があった。

静かな午〔ひる〕さがりの庭さきに
父は肥つて風船玉の様に籐椅子に乗つかり
母は半ば老いてその傍に毛糸をば編む
いま春のぎようぎようしも来て啼《な》かない
此の富裕に病んだ懶《ものう》い風景を
では誰れがさつきから泣かすのだ
オトウサンヲキリコロセ
オカアサンヲキリコロセ

それはつき山の奥に咲いてゐる
黄ろい薔薇の葩《はな》びらをむしりとり
又しても泣き濡れて叫ぶ
此処に見えない憂鬱の顫《ふる》へごゑであつた
オトウサンナンカキリコロセ！
オカアサンナンカキリコロセ！
ミンナキリコロセ！

百田宗治の編集する『椎の木』創刊号（一九二六年）に、伊藤整は詩を送っていた。そして彼は同じ雑誌に見出した丸山薫の詩こそ同誌中の第一席であると考えて、競争心を燃やした。

丸山薫の詩は明らかに萩原朔太郎の影響があった。『題のない詩《ママ》』[21]や『さびしい来歴』で朔太郎が創始したイメージが使われていた。鳥の啼き声の擬人法だって、朔太郎の「とうてくう、とうるもう、とうるもう」というのがある。しかし真昼の空しい空虚感とよしきりの啼き声を「オトウサンヲキリコロセ」という言葉で示した効果は鋭かった。私はこの詩を作ったのが自分でないことが残念であった。この効果は、私が考えた詩句の効果の中には一度も思い浮かばなかったものだった。

（伊藤整『若い詩人の肖像』）

伊藤整が言及した萩原朔太郎の「さびしい来歴[22]」では冒頭の詩行が、丸山薫「病める庭園《にわ》」の「父」の表象に通じている。

むくむくと肥えふとつて
白くくびれてゐるふしぎな球形の幻像よ
それは耳もない　顔もない　つるつるとして空にのぼる野蔦のやうだ　（「さびしい来歴」）

そして、「朔太郎の「とうてくう、とうるもう、とうるもう」」とは、同じく朔太郎の詩集『青猫』所収の「鶏」の詩行である。

　しののめきたるまへ
　家家の戸の外で鳴いてゐるのは鶏《にはとり》です
　声をばながくふるはして
　さむしい田舎の自然からよびあげる母の声です
　とをてくう、とをるもう、とをるもう。（「鶏」）

朔太郎は鶏の声を「さむしい田舎の自然からよびあげる母の声」になぞらえている。ダブルミーニングに留意するなら「とって食う」「通る」「取る」といった表記で意味される行為も連想される。ただし文字通り「声をばながくふるは」すような、その音便化は、母音の多い、ひらがな表記の柔らかな効果を持っている。

山田兼士は、「とをてくう、とをるもう、とをるもう」を「擬声語《オノマトペ》」[23]と呼んでいる。山田論によれば、「この部分は自筆草稿では「とうてく、もうとろ、とうてく、もうとろ」となっていた（筑摩版『全集』第一巻「草稿詩篇　青猫」）。後に朔太郎は『明治大正文学全集　萩原朔太郎篇』（昭和六年）所収の「自註」に、「鶏の朝鳴を、私は too-ru-mor, too-te-kur といふ音表によつて書き、且つそれを詩の主想語として用ゐた」と書いている」。

「とをてくう、とをるもう、とをるもう」は、「鶏」の鳴き声、「母の声」と重なることによって、音としての側面に、意味が重ねられ、しかもその意味は限定されることが難しく、多義的に読める。

丸山薫の詩篇「病める庭園」の「憂鬱の顫《ふる》へごゑ」という詩語は、いかにも、憂鬱の詩集である萩原朔太郎『青猫』を踏まえたものである。

丸山薫の詩行は「オトウサンヲキリコロセ／オカアサンヲキリコロセ」「オトウサンナンカキリコロセ！／オカアサンナンカキリコロセ！／ミンナキリコロセ！」という鋭角的な殺意を示している。「ぎようぎようし」とは行行子、その啼き声から、「オオヨシキリ」につけられた別名ということだが、「キリコロセ」の発想は、「ヨシキリ」の音からの連想もあるのだろう。固有名と鳴き声とそれが指し示す意味の転位とが、螺旋《らせん》のようにしぼりあげられた「キリコロセ」の詩語である。そこに近代家族への呪詛がこめられている。

これを「鳥の啼き声の擬人法」と伊藤整は呼んだ。

一般にオノマトペは、音韻を持つが概念を持たない。だが丸山薫の場合は、ありありと「キリコロセ」の意図が伝わってくる。斬り殺すという血なまぐさい指示表象も浮かびあがる。概念を持たないことを装う音韻であるが、実は概念を持ち、むしろ強調しているのだから、擬似オノマトペとでも呼びたくなる。明確な殺意を、さらに切り立った音韻で擬態語化・擬音語化しているというひねりである。

これに対して「けふかへろ、けふかへろ、／と閑古鳥が啼くのでございます。」という左川ちか「海の花嫁」の詩行は、閑古鳥の啼き声を人語になぞらえている。擬人化したといえるだろう。手法は、萩原朔太郎、丸山薫に通じるところがある。「閑古鳥」は、伊藤整がしばしば用いた詩語とも重なる。伊藤整による丸山薫評を、近いところにいた左川ちかは直接耳にしたことがあったかもしれない。

ただし、安智史《やすさとし》によれば、晩年の丸山薫は「当時ようやく詩のようなものを書き始めたばかりのかけ出しの私に朔太郎の存在は遠望するマッターホルンのごときもので、そのユニークな擬声語などまったく心にもなかった」とし、「勉強家伊藤の独り相撲による的外れ」と、これを否定したという。(24) 安は「伊藤が、鳥の啼き声の〈擬人法〉と述べる技法は、ここでは鳴き声の〝聴き做《な》し〟としたほうがわかりやすいかもしれない」と指摘する。「聴き做し」とは、たとえばホトトギスの鳴き声を「テッペンカケタカ」と聴きなす類である。安は、萩原朔太郎「鶏」の場合も、「より直接に〝取うて喰う、もう取ろ〟の聴き做し」であることを確認し、「それが、〈母の声〉であることにより、鳥の鳴き声に、親子間での生命の奪いあいの意味がこめられるという点も――「病める庭園《にわ》」は、子から親への殺意であり、ちょうど逆の方向性であるが――両者に共通する」と指摘する。安の議論は、さらに、語りの構造(叙法)に焦点をあわせる。「病める庭園」には直接の一人称代名詞は登場せず、無人称の語り手によって、直接には〈来て啼かない〉ヨシキリの啼き声と、〈此処に見えない〉少年の内心の〈憂鬱の憧へごゐ〉が重ねられている。「それを故意にあいまいにするかのように、鬱屈した心情を抱く少年と、少年の感性に寄り添う語り手の、いずれも無人称のままであることが、あたかも風景そのものが親殺しの心情を訴えつつ啼く／泣く主体であるかのような、語りの効果を生んでいる」と。

これに対して、左川ちかの「海の花嫁」は、一人称代名詞を登場させている。いっけん分裂はなさそうだが、「暗い樹海をうねうねになつてとほる風の音」と閑古鳥の鳴き声とは、重層している。「ございます」と連ねられる語り口は過剰であり、「海の花嫁」を偽装するかのようにジェンダー化されている。丸山薫のように露悪的に毒を吐きはしない。だが抱えた鬱屈は重い。

先の引用のあと、「海の花嫁」は、次のように続く。

昼のうしろにたどりつくためには、
すぐりといたどりの藪は深いのでございました。
林檎がうすれかけた記憶の中で
花盛りでございました。
そして見えない叫び声も。

「私はどこへ帰つて行つたらよいのでございませう。」に続けられた詩行である。「私はどこへ帰つて行つたらよいのでございませう。」とは、いうまでもなく反語である。帰るところなどないのだ。帰るところがないのは、花嫁だからだろうか。

「海の花嫁」とは死に嫁ぐ乙女のことをいうのだろうか。帰るべきところとは、そこから生命が現れでたところの、闇かもしれない。生の始まりにも終わりにも、覚醒と眠りにも、その境界には、深い闇とうすい意識とが漂っている。「うすれかけた記憶」は、死に臨むものであるかのようだ。そしてこの連をあえて落ち着きの悪い、開かれたものにするのが「そして見えない叫び声も。」の、一行である。誰の、どのような叫び声なのか、それは見えなく(聴こえなく)させられている。この一連につづく二連は次のように結ばれる。

悪い神様にうとまれながら
時間だけが波の穂にかさなりあひ、まばゆいのでございます。
そこから私は誰れかの言葉を待ち、

現実へと押しあげる唄を聴くのでございます。
いまこそ人達はパラソルのやうに、
地上を蔽つてゐる樹木の饗宴の中へ入らうとしてゐるのでございませう。（「海の花嫁」部分）

この詩篇には、複数の異質な声が響いている。風の音、閑古鳥の啼き声、「見えない叫び声」「唄」「饗宴」のざわめき、そして「ございます」「ございませう」「ございました」という、あえて前景化された女性語り。不協和音を響かせながら、詩篇は、閑古鳥ののどかな呼びかけから遠ざかっていく。

左川ちかの詩篇は一行ごとに飛躍する。そして一行ごとに読者から新たな問いかけを引きずり出す。「海の花嫁」も、読み進めるごとに、謎が謎を生むという詩篇である。

「悪い神様にうとまれ」るというのは、呪われた詩人というのと少しだけずれているだろうか。「悪い神様」にならば、関心をもたれるにしても、魅入《みい》られるより、うとまれたほうがまだましというべきか。

二連では、一連とは異なり、時間は「まばゆい」。一連は陸のもの、二連は海のもの。ただし一連は「暗い樹海」と語り始められるので、比喩的には、森林も「海」ではある。

「そこから」というのは、「波の穂」と重なり合った「時間」の場所からである。海原の「波の穂」には、陸生の植物が比喩的に（常套的な比喩ではあるが）重なっている。だとすると、二連の「私」は海に（も）存在している。もしくは一連では海に比喩される陸地にあり、二連では陸に比喩される海にあり、ねじれながら遍在している。そこで「私は誰れかの言葉を待」っている。「言葉」はそしておそらく声も、唄も、「私」の外からやってくるのである。

「そこから」「私」を「現実へと押しあげる唄」というその「現実へと押しあげる」運動は、「悪い神様にうとまれ」るありようと対比的である。ただし「悪い神様」と「現実」とが二項対立であるとか、対称的であるとかいうのではない。相互補完的というのとも違うずれ方である。「悪い神様」の居場所と「現実」と、どちらの環境が幸であるか不幸であるか、わかりはしない。いずれにせよ「現実へと押しあげる」運動において、「私」は「悪い神様」から離反する。

「私」は「唄を聴く」が、唱和するのではないだろう。「私」は「人達」ではないのだ。「人達」は「饗宴の中」へ入ろうとしているが、「私」はそこから距離を置いている。「人達」の「饗宴」が「樹木の饗宴」であるとしたら、「私」がそこに入らないのは、海の(海に属する)花嫁だからだろうか？　もっともこの「饗宴」には、花嫁(花婿については語られることのない)の婚姻を祝福する「饗宴」のイメージも被せられている。それでいて「花嫁」は「饗宴」から疎外されたままである。

動物の擬人化は、世界の人間化を示してはいない。主客合一の境地というものともかけ離れている。「閑古鳥」の啼き声を聴き取ることのできる(あるいは誤って聴き取ってしまう)「私」であろうと、陸にも海にも、自然のなかに「私」を受け入れる場所はない。むしろ自然から追放されたものたちが、擬人化という次元に、境界領域に、漂っている。左川ちかにおける擬人化は、自然界の人間化や物質界の人間化というような、ヒューマニズム、人間中心主義の志向による変容ではないからである。

一針づつ雲を縫ひながら
鶯が啼いております。
それは自分に来ないで、自分を去つた幸福のやうに

かなしいひびきでありました。（「季節」部分）

鶯の啼くといういとなみを、雲を縫ういとなみになぞらえている。鶯は変容させられている。鶯の擬人化を媒介に「自分」もひびきにふるえる。鶯が啼くのは、これもまた求愛の営みだろう。その鶯の啼き声は「自分に来ないで、自分を去つた幸福」に喩えられ、「鶯」と「自分」との差異が示される。「鶯」の求愛のひびきは、「自分に来ないで、自分を去つた幸福」のように到達不可能な、所有できないものである。「鶯」はたとえ報われなくとも、求愛の啼き声を発し続けるのか。それともそんなむだなことはしないものか。「鶯」にもまた、「自分に来ないで、自分を去つた幸福」の、孤独の体験はありうるものだろうか。鶯の声は切実に意味するものであるが、今はどこにも、誰にも、届かない。

左川ちかの鳥たちの形象は多様である。鶏の詩語には「たれもゐないステーションへ赤いシャッポの雄鶏が下車しました。」（「私の写真」）といったポップなモダニズムの詩行もある。藤本寿彦は「擬人化された夏が去った後、無人の駅に降り立つのは雄鶏（赤い鶏冠／秋の季語・ケイトウの花[25]）」と読み取っている。「雲が雄鶏の思想や雁来紅《がんらいこう》を燃やしてゐる。」（「季節のモノクル」）と、「雄鶏」と「雁来紅」を結びつけた、シュルレアリスムに通じるイメージもある。

その一方で、鳥たちのイメージもまた、馬や牛の表象とは違うありようではあるが、残酷にいろどられている。

料理人が青空を握る。四本の指跡がついて、
——次第に鶏が血をながす。ここでも太陽はつぶれてゐる。（「死の髯」部分）

左川ちかの残酷詩、とこれを呼びたい。この残酷詩の方法は、料理人が鶏ではなく青空を握り、潰れるのは鶏ではなく、「ここでも太陽」であること。その述部の大胆な交換がダイナミズムを生む。

藤本寿彦は「独特の変換式[26]」で自然を描くと、左川ちかについて述べた。新井豊美は左川の詩法について「視覚がとらえたイメージに心理的なよじれを加えるところから発想されている[27]」と指摘している。「よじれ」は粘着性であり、延長であり、持続でもある。それぞれがある文脈のなかにおいて「意味」を持つ詩語は、文脈の時間性を破壊すれば、「意味」を解体された「映像」として現れざるを得ない。ひいては「変換式」が時間を消去することがありうる。モダニズムのイメージの飛躍と氾濫は、しばしばそのような方法による。だが、左川ちかの詩は、少し違うのである。時間はよじれ、脱構築されるが破壊されてはいない。

圧倒的な暴力にもかかわらず、鶏は瞬時に命を落とすのではなく、「――次第に〔略〕血をながす」。そのあえての緩慢な流血の時間が、恐怖をいやます。持続は苦痛である。

歌人・塚本邦雄は、「死の髯」を引用して「生きながら屍毒《プトマイン》に満ちた、それゆえに一層鮮かで生々しいこの詩は、明らかに死をとおして今日を予見していたのだ。詩人の仕事はかかる予見以外に無い[28]」と言及している。緩慢、遅延、そして予見の時間が左川ちかの詩においては独特なのである。左川ちかの時間については、また後で考察する。

飛ばない鳥。食物連鎖のなかにいる家禽《かきん》。鶏のなかでは「レグホン」の詩語が好んで用いられている。

レグホンは時々指が六本に見える　（「花」部分）

生き物が畸形に見える時、そのように見える「私」も揺らいでいるに違いない。

肉屋の前ではレグホンが嘴《くちばし》を折り曲げて、餌をあさつてゐる。硝子戸に地玉子ありと書いてある。白いエプロンの親父が獣どもの筋の間から庖刀を光らして嚔《くしゃみ》をしてゐる。小学校の裏門を通ると蜂の巣のやうに騒がしい音がして一オクターヴ低い国歌がオルガンのKeyを離れる。それらが遠い風のやうな終りになると、村は全く空中に沈んで無風地帯では鳥は啼かない。（「三原色の作文」部分）

レグホンがいるのは、農村のありふれた日常風景のようでいて、禍々しい不吉な事件の前触れのようでもある。産む－産ませられる、食べる－食べられる関係のなかに囲いこまれたレグホンは自然化させられるのではなく、異化させられている。家畜化であり、異化である。その異化の文学装置が「獣どもの筋」、光る「庖刀」、親父の「嚔」といった詩語である。「庖刀」のきらめき、予測を越えた「嚔」の音の驚愕とともに、レグホンの生き物としてのなまなましさ、卵をとられ食べられる残酷、殺戮の予感が、たちあがる。

肉屋の親父は動物化している。そして小学校の子どもたちも。

「一オクターヴ低い国歌」とはどのような国歌だろうか。唱和する子どもたちにはそんな低い声が出るものだろうか。子どもたちに子どもの声を出すことを許さずに、大人の男の低い声で国歌を歌わせようとしているという意味をも持つだろうか。

かつて丸谷才一は、『裏声で歌へ君が代』を書いた[29]。政治的人間ではないと自認する者が否応なく政治的な関係に巻きこまれ、それでもかろうじて地声ではなく「裏声」で歌う「君が代」には、ためらいながらのパロディ精神が読みとられた。だが「一オクターヴ低い国歌」には裏声の君が代とは異なる迫力があり圧迫感がある。抑圧の重さが響く。村も沈む。鳥は啼かない。レグホンはまさしく凶兆であった。

第七節　擬人法ならざるもの

西成彦《にしまさひこ》は、「「法」としての擬人法[30]」に注意を喚起する。

宮沢賢治の擬人法の背景にある思想は、一般にはイーハトヴの動物全体の融和という博愛主義であったと考えられているが、宮沢賢治はけっして擬人法の万能を信じていたわけではない。人間と動物とが異文化接触をくりかえす中で、擬人法は動物たちをかいならすための、文字通り「法」であった。

そして次のように指摘する。

現代文学は多くの擬人法文学を産みおとしてきたが、擬人法によって架空に結びついた人間と動物の物語は、もはや両者の友情を語るためにではなく、それぞれの疎外を二重に映し出すために用いられることが一般的である。〔略〕現代の擬人法文学は、もともと人間とは異なる文化を持つはずの動物を、あるときは家畜として、あるときは害虫として、あるときは友人として描きながら、われわれをとりまいている植民地主義的現実をつねに参照しつづける。

左川ちかの詩篇で「貰ひ泣き」する山鳩（「山脈」、第一章参照）も、「けふかへろ」と呼びかける閑古鳥も、雲を縫う鶯も、いずれも寄るべない、自然から疎外された存在としての鳥たちなのだ。少なくともテクスト内の主体である「私」にとっては。そして「私」もまた。

動物たち、植物たちは、詩人が北海道への移住者、植民者の末裔であったことを想い起こさせる。中村和恵は「半年の間すべてを覆う白い雪は入植者の子孫にとって、親しく懐かしいと同時に、一種の抽象性をたたえてもいる。かれらの根はそこにない(31)」と指摘した。

セトラー・コロニアリズムを生きたひとびとの原郷としての余市《よいち》には、その古層に、岩面刻画で有名なフゴッペ洞窟、大谷地《おおやち》貝塚、縄文時代の墓と伝えられる西崎山環状列石（ストーンサークル）などがある。左川ちかが幼時に預けられていた本別の地名は、町内を流れる本別川のアイヌ語名「ポンペッ（pon-pet）（小さい・川）」に由来する。左川ちかが女学校時代を過ごした小樽の地名は、アイヌ語の「オタ・オル・ナイ（砂浜の中の川）」によるという。セトラー・コロニアルの民としての詩人の原郷は、もしそれが無主の原野にみえても無主ではなかった。先住民がみえなくさせられているとしたらなおのこと、先住民とともにあった動物こそ植物こそが植民者にとっては先住者であった。緑のもの、あるいは鳥たち、虫たちが、損なわれ改変された自然の生命力が、獰猛《どうもう》に、後からやってきたものを脅かすのは、ゆえのないことではない。そのことに詩人が意識的であったとはいわない。けれども、詩人の身体に再配置された法としての擬人法が、自然から疎外された植物たち、動物たちをそのように照らし出す。

長沼行太郎《こうたろう》は「もともと擬人法は、見えないもの(宇宙や素粒子のような極大・極小の世界や、「神」「目的」など超越的な観念〔略〕心理のように見えない世界)を思考の対象にするときに、見えるもの(最も身近な人間をモデルとして)に変える、という比喩のしかけを利用する方法だった」とし、「人間の定義を解体し、あらたな定義、あらたな探求をするときに、思考の対象を措定し描写する仕方は、すでにこわれた人間をモデルにした擬人法をつかっておこなうしかない、という、いくぶんパラドクシカルだが、単純な事実」を指摘する。「擬人法は、古典的なヒューマニズムからは遠いところで、なお思考の道具たりえている」[32]というのである。

左川ちかの場合はいうまでもなく、無情のもの・無生物を、有情のもの・有生物になぞらえるという古典的な擬人法ではない。すでに人間が壊れているからこそ、人間がすでに植物たち動物たちと、孔だらけの膜を通したように流動的で、侵犯し/侵犯されるような関係しか結べないからこそ、擬人法(あるいは擬似擬人法)を使わざるを得ないところがある。

左川ちかの詩篇は人間ではないものの複数の声が互いに響き合う世界ではあるが、人間が人間以外のものに包摂されるとか、逆に人間以外のものが人間に包摂されるとかいう転位を指向しない。仮に最終的に人間/人間以外のものの両者の境界線が抹消してしまうのなら、すべての生命が平等なものとしてそれぞれの存在感を主張することにもなろうが、そのような生命主義的な謳歌とは無縁である。左川の場合の擬似擬人法は、それぞれにそれぞれのありようで疎外されている人間/人間以外のものの境界線を引き直す。だが、その境界は孔だらけの膜のようなものであり、ところどころ断片的に、あるいは流動的に交わり、それでいて、交錯はつかのまの出来事に過ぎないのだ。鳥の声に意味するものを読みとったとしても、「私」は鳥たちと語り合うこともできず、途方に暮れるばかりだ。「私」は境界線上にあって、「人間／人間以外のもの」という枠組み自体を揺らいだものにしてしまう。

第八節　昆虫

昆虫が電流のやうな速度で繁殖した。
地殻の腫物をなめつくした。（「昆虫」部分）

左川ちかの詩的な生態系に蠢《うごめ》く虫たちは、詩人が伝統的な保守的な美意識からどれほどかけはなれているかを示す。しかし、左川ちかの表現に魅せられた読者はしばしばそのことを忘れる。忘れさせる力が、左川の詩にはある。

左川ちかの詩に触れることは、昆虫に触れることのようでもあり、電流に触れることのようでもある。危険な偶発事である。衝撃である。

昆虫は比喩を介して「電流」と接続する。昆虫は機械化する。サイボーグとしての生命である。テクノロジーが媒介する場で、人と動物、人と昆虫、昆虫と機械との境界が揺らぐ。いや、電流は、テクノロジーによる管理から逸脱して、ショートしているかもしれない。テクノロジーは昆虫に追いつけないかもしれない。

昆虫の繁殖に、オス／メスの性別分業は介在しないかのように書かれている。そこには境界を不可視にする圧倒的な速度がある。この速度から、男性性／女性性のジェンダーは遅れをとって、みえないものになる。生命（繁殖）の謳歌などという牧歌的なありようも、置き去りにされている。そのようにこの詩は、その「電流のやうな速度」は、生殖の役割分担の境界を失効させている。〈個〉が〈類〉になる飛躍、切断と速度。そのように「繁殖」を描いている。

竹村和子は「女の性欲望」「男の性欲望」と呼ばれるものについて、「個々の実践においてはかならずしも生殖に結びつかないさまざまな行為や感情を、生殖を中心にして「比喩化」したもの」ではないかと問うた(33)。それはたんなる比喩ではなく、「遡及的な事実性を生産」し、それをうけいれるわたしたちのなかに「本質的な事実性――身体性」を形成し、起源はその事実性にあると錯覚させるのだ。そのように竹村は「性欲望」を問題化している。

二一世紀のジェンダー、セクシュアリティの問題意識を参照するなら、左川ちかはしばしば生殖する動物を描いたが、そこに描かれる生殖は女性性／男性性も、雌性／雄性も刻み込まれてはいなかったことにあらためて驚かされる。

「昆虫」の「繁殖」は、両性の交渉によるものとしてではなく、「電流」になぞらえられ「速度」として表象される。「昆虫」という有機体が「電流」に接続する。それはたんなる生物の機械化や機械の有機体化の表象というにとどまらず、モダニズムにおける身体性の境界領域の移動を示している。このような近代的技術の速度の謳歌は、一面ではイタリア未来派にも通じるところがある。

「繁殖」についての詩行に次いで、これもまた圧倒的な食行動についての詩行が続く。地殻を、地球を、グローバルな生命体、一個の食物とみなしている。同時に、それは食物であり「腫物」である。食行動、食の連鎖に病理が挿入される。地球は病んでいる。「なめつく」すという、n音ではじまる詩語は、食行動の粘着性、不気味さを、あらわしだす。

水田宗子はここに「細胞を犯し破壊する膿と腐乱の微生物の世界への凝視[34]」を読んだ。食べるという行為も病的ななにかをはらんでいるかもしれない。伝染病のように、変性は速いのかもしれない。

私はいま殻を乾す。
鱗のやうな皮膚は金属のやうに冷たいのである。（「昆虫」部分）

「私」に「殻」があるのは、「私」が「昆虫」と二重映しにされているからだろうか。「地殻の腫物をなめつくした」昆虫は、芋虫、青虫などのぶよぶよした形態を想像させるが、ここでは「殻」である。昆虫は自在に変態する。

新井豊美は「無意識の自画像とも言える心象表現には日本的な抒情の湿潤な重さとは無縁の、モダンな人工美があって、カフカの世界にもどこか通じる幻想性を感じさせる[35]」と指摘した。

藤本寿彦は、「「昆虫」とは化粧のメタファーだが、女性を美的愛玩物としてしか認識しない男性性（略）に向けられた表現でもある。語り手は男性の性的情動を喚起する仮面と、それを剥いだ時のひりつく皮膚感覚を、自己解放として体感する「私」を、ニヒルに描いている」「レスプリ・ヌーボーに内在する男性性に対する省察が介在している。だからこそ「昆虫」において、内側（女性性）と外側（男性性）の両面から、批判的に「私」を炙り出す語り手が生まれたのだ[36]」と論じている。

鱗のような皮膚、金属のように冷たい皮膚は、昆虫のなかでもとりわけ甲虫類の殻のようである。殻は冷たく、光を反射し、外界から身を守る。
昆虫の生殖のイメージは強烈である。しかも左川ちかの生態系においては、成虫だけが生殖するのではない。

果樹園を昆虫が緑色に貫き
葉裏をはひ
たえず繁殖してゐる。
鼻孔から吐きだす粘液、
それは青い霧がふつてゐるやうに思はれる。
時々、彼らは
音もなく羽搏《はばた》きをして空へ消える。
婦人らはいつもただれた目付で
未熟な実を拾つてゆく。
空には無数の瘡痕がついてゐる。
肘のやうにぶらさがつて。
そして私は見る、
果樹園がまん中から裂けてしまふのを。
そこから雲のやうにもえてゐる地肌が現はれる。　（「雲のやうに」）

新井豊美はこの詩を引いて、「「女性詩的なものからの無垢」と「伝統からの無垢」を合わせ持つ左川ちかの無垢な感覚[37]」と呼んでいる。

鳥居万由実はここに「仮面、未成熟、殻、昆虫といった左川ちか作品の鍵となる要素が集合している[38]」と指摘した。鳥居はこの詩の読解にあたり、デリダの動物論を援用している。その動物論の一部を参照すると「あらゆる性的差異、あるいはむしろ、性別のあらゆる二元性の彼方に、そしてあらゆる番《つが》いさえもの彼方に。はじめに虫があった、そしてその虫は性器であり性器ではなかった。子供はよくそれを見ていた。おそらく性器なのだが、だとすればどちらの？[39]」という箇所がある。デリダはそこに「無垢で小さなその陰茎」を見てとり、芋虫が蛹《さなぎ》となる前に吐き出す繊細な糸に「女性の射精という光り輝くような奇蹟」、「私はそれを眼で飲んでいた」と語った。

そして鳥居は述べる。「芋虫は、それ自体性的に未熟なものであるが、両性具有を思わせる存在でもある。さらに、ちかの詩でたびたび作中主体を脅かす過剰な生命力の象徴である緑を無邪気にむさぼり食べてしまう存在でもある」ことは重要であると。果樹園がまん中から裂けてしまうのは、「果樹園自体が、また一つのさなぎであり、内面を包む仮面」であるからというのが、鳥居の読みである。「その中で燃えているのは、性別未分化であり、まだ将来どんな姿になって生まれるか分からない混沌としたマグマのような生命力」ではないかという仮説も立てる。

左川ちかの詩的生態系において、昆虫はまったく未熟なまま、そして雌雄の分岐すら明確ではないままに、いちはやく繁殖している。卵のひとつひとつ、幼虫の一匹一匹はもはや数えることができない。集合体であり、融解して液体のようになり、植物とも混淆して「緑色」であり、食べる物と排泄物とが混じり合う「青い霧」であり、「雲」のようでもある。

そして昆虫は貪食する。食べるものが食べられるものに似てくることは、左川ちかの他の詩篇でも想い描かれていることだ。それが昆虫であれば、「朝になるとキヤベツ畑では露が大きな葉のかげに溜るのだが、殆《ほとん》どこれは昆虫の常食になる。露の宝石をたべるので、青虫はあんなに透明な体をしてゐる。」（「指間の花」）というふうに、食べる／食べられる関係が可視化される。

食べる／食べられる関係のなかで、とりこみ、破壊、同化が生じる。モダン都市では起重機が薄い空を傷つけそうだった。これに対して果樹園では、成長して翔《と》びたつ虫たちが、空に「無数の瘡痕」をつける。左川ちか詩集の英訳者である中保佐和子は、空の傷が「肘のやうにぶらさがつて。」いる光景にシュルレアリスム絵画の想像力に連なるグロテスクを指摘している。

生物が、その生殖と貪食の生命現象が、自然環境を傷つける。不変にみえるのはしばしの間、蛹のように休止しているだけだ。ぱっくりあいた傷口にも似て、まん中から裂けてしまう果樹園の地肌は、雲のように燃え、そこからまたなにかが生まれようとする。シュルレアリスムの時代の大地母神《だいちぼしん》イメージともいえる。

昆虫の繁殖力、生命力は、人間のそれを、女性のそれを凌駕している。だから昆虫の旺盛な一生と対比して、ただれた日付き、病んだ身体で、未熟な実を拾う「婦人ら」が描かれる。「婦人ら」は生命のいとなみにかかわろうとして病や未熟さをいとぐちにするほかない。生殖の核心からは隔てられている。

鳥居万由実は、芋虫青虫が存在しているにもかかわらず、成虫になる姿が不在であること、「蝶」という言葉が不在であることに注目する。「描写の不在により、彼らは奇妙に見えない姿として詩の中に置かれていることになるわけだが、これはさなぎから孵《かえ》った彼らがどんな姿になるか未知であり」(40) そのために描写がなされていないと読むのである。鳥居はジュディス・バトラー(41)を参照し、「ジェンダーは自明のものではなく、ジェンダーパフォーマンスによって、その都度構築されていく」「青虫の羽化は、それぞれ一回的なジェンダーパフォーマンスであり、その実践が少しずつ作中主体を閉じ込めている既存の秩序を剝がしていき、新しいものに更新される、その様子を描いている」という解釈の可能性を示す。くりかえし付け加えておくなら、詩篇「雲のやうに」では、青虫のどこにも、性別・性差（ジェンダー）の境界線は引かれていないのだった。

生命は惨劇を必要としているようである。「緑色の虫の誘惑。果樹園では靴下をぬがされた女が殺される。」（「朝のパン」）。青虫、緑色の虫、芋虫は、凌辱の換喩ともなっている。女性の身体は残虐に断ち切られる。

これに対して鳥居万由実は、「青虫が存在する時、いつもは脅威である若葉も美しいと捉えられている」「青虫たちは、天使的な存在であり、脅威である生命の横溢《おういつ》を作中主体にとって善いものに変える性質[42]」をも持つとその両義性について考察している。芋虫青虫と等しく天使もまた「両性具有的存在」であると読む。鳥居は昆虫による変換の例として以下の詩行をあげた。

彼の葉脈のやうな手のうへには無数の青虫がゐた。私はその時、硝子に若葉のゆれるのを美しいと思つた。（「暗い夏」部分）

ただし、本書では、青虫たちの両義性は、文字通り善悪の彼岸にあるのではないかと考える。葉脈のような手のうえの無数の青虫は、青虫それ自体であるかもしれないし、手の節くれ、手の甲に浮かぶ血管を、葉脈、青虫に見立てた暗喩とも読める。あるいは硝子に揺れる若葉の影が、老人の手のうえに落ちている投影像でもありうる。老人は手のうえの無数の青虫を意識していない、違和感を覚えていないかのようである。手と葉脈と青虫のとりあわせは、意識下のものどもの、絵画的な、意想外なとりあわせともみえる。ルイス・ブニュエル監督（サルヴァドール・ダリ共同脚本）『アンダルシアの犬』（仏、一九二九年公開）に、手のひらからおびただしい虫（アリ）が出てくるシーンがあったことも参照される。シュルレアリスム映画の代表作でもある。そこでは昆虫たちはかならずしも天使的な存在ではない。神なき後の世界の、意識と無意識の閾を横断する群れである。

左川ちかの詩篇で、羽化した昆虫の表象として、しばしば引用されるのは以下の詩行である。

刺繡の裏のやうな外の世界に触れるために一匹の蛾となつて窓に突きあたる。
死の長い巻鬚《まきひげ》が一日だけしめつけるのをやめるならば私らは奇蹟の上で跳びあがる。

死は私の殻を脱ぐ。　（「死の髯」部分）

藤本寿彦は次のように読んだ。

「蛾」となってしまった「私ら」は刺繡の世界に幽閉されているのだが、それが精緻な形象の世界だという。なぜならば、男性性の支配するこの世（秩序）をなぞることで立ち現われてくるからだ。逆に「私」が渇望する「外の世界」とは、編糸が乱雑に交錯する非形象な空間（「刺繡の裏」）である。

形象(死)／非形象(生)の世界とは「私ら」にとって、何か。左川の詩作は、この問題と向き合う営為だったのではないか[43]。

しかしながら、「蛾」となってしまったがために幽閉されている、というような因果関係は、実際のテクストでは、ずらされている。そのような原因結果の法則は読みとれない。むしろ、渇望から、一匹の蛾へと変身するが、たとえ変身したとしても、窓の外の世界に出ていくことはできない、そのような機序が読みとれる。

「刺繡の裏」のような外の世界への冒険を欲望するのとうらはらに、「刺繡」の表の美麗な閉域には充足しない。外部への冒険の欲望から、「蛾」へと変身する。蝶のように華やかに、愛玩の対象となる昆虫ではなく、うとまれ、おそれられ、避けられもする「蛾」である。

ヴァージニア・ウルフ『波』のテクストには、そこかしこに「蛾」が隠れている。「夜が開く。さ迷える蛾が渡ってゆく夜。密会のためにさすらう恋人たちを隠す夜」「私のかたわらに一、二時間座っていたこの影《シャドウ》、二つの目を覗《のぞ》かせているこの仮面に、私を過去に連れ戻し、あの顔すべてのところに縛りつけ、暑苦しい部屋に閉じ籠める力があろうとは。蠟燭《ろうそく》から蠟燭へとゆく蛾のごとく、私に身を打ちつけさせる力があろうとは」「一瞬、あらゆるものが揺らめき、不確かさ、曖昧さに身を委ねた。まるで巨大な蛾が部屋を横切り、宙に漂うその羽根で、どっしり揺らがぬ椅子やテーブルを翳《かげ》らせたかのように」などなど。実景のなかにも比喩のなかにも「蛾」がいる。

金子光晴は戦争をはさんで「蛾」と題する複数の詩を書き残した。

うち。
蛾よ。なにごとの命ぞ。うまれでるよりはやく疲れはて、
頭《かしら》には鬼呪、身には粉黛《ふんたい》、時の重さにひしがれ、しばらく行つては憩ふ、かひない喘《あえ》ぎのつばさ

「蛾」という虫への変身は、グロテスクでもあり、冒険のための寓意的な試練のようである。しかも、それだけの犠牲を払っても、「蛾」は窓に突きあたり、願いはかなわない。
鳥居万由実は次のように読む。

家父長的秩序が支配する形象の世界から逃れたところに、「私ら」を生かす世界があるとしても、いまだその世界は社会的に言語化・言説化されていない以上、「刺繡の裏」のような混沌とした非形象の世界であるほかない。〔略〕「私ら」が幽閉されて死んだようになっている、形象的世界における仮面を脱いでも、そこにあるのはまた別の「死」なのである。(44)

渇望する外の世界を、それでもなおたかだか「刺繡の裏」にすぎないと見切って、相対化するところに詩人の知性がある。幽閉に甘んじていても、「刺繡」の表の形象を享受し鑑賞することが許されているわけではない。
たとえ「刺繡」の創作の担い手が主に女性であるという日常世界の性別分業を受け入れたとしても、「刺繡の裏」への到達を試みるとき、「一匹の蛾」として、孤立し、ひとではないもの、女性ではないものに変性しなければならない。そのような孤独な営為にもかかわらず、女性性に残された自由の領分は

「刺繡の裏」に到達することができない。「刺繡の裏」の秘密は、仮に「刺繡」の作り手および鑑賞者を女性性に結びつけるなら、ジェンダー化され、隠され、あるいは奪われている。ジェンダー化された領域において、「刺繡」を創作する主体は、創作の秘密の裡面《りめん》から隔てられている。

エリス俊子は、「外界から仕切られた内部空間で「一匹の蛾」が「窓に突きあたる」運動を繰り返している。外部としての「刺繡の裏」の世界は、色彩が混交し、無数の糸が交錯し、縺《もつ》れ合い、分厚く重なり合って広がっているにちがいなく、〔略〕生命の貪欲で猥雑《わいざつ》な再生産力を思わせる」と考察し、「外部から侵されることと外部から閉ざされることとが表裏一体であること」(45)を、ここに読んでいる。刺繡の表（内部）と刺繡の裏（外部）の世界はねじれながら連続しているのである。

詩篇「死の髯」では、「蛾」と「死」をめぐって、「私」「私ら」「彼ら」という人称が、繊細にそして大胆に使い分けられている。「一匹の蛾」に変身する場合に私は「私」でさえない。そしてその変身によって遡及的に、ひとびとは「彼ら」となり、「私」と名指されることのない私は「彼ら」ではない孤となってしまう。

さて「蛾」に巻鬚《まきひげ》があるように、「死」には長い巻鬚がある。せっかく「蛾」となり羽を手に入れたのに、「死」も「蛾」に似ていた。「一匹の蛾」になったことが、「死」についての認識を得るようすがになったともいえる。

「蛾」となるために蛹《さなぎ》が殻を脱ぐように、「死」も「私の殻を脱ぐ」。遡及的に、「私」に「殻」があったのだと、その異化に気付かされる。

そこで「死」は主体となり、擬人化され、あるいは動物化され、脱皮する昆虫の姿とふるまいに似たものとなっている。幼虫、青虫、蛹が変態し脱皮した最後の形態が「蛾」である。では「私」は幼虫、青虫か蛹であったのだろうか。その「私」が「蛾」となっても外の世界に触れることはできず、隔てられて窓に突きあたるしかない。

「蛾」にも「巻鬚」があろうが、「死」の「巻鬚」はそれより長いのだろう。「巻鬚」のある「死」には、さらなる脱皮が可能である。そこでは主語は「私ら」となる。「死の長い巻鬚が一日だけしめつけるのやめる」ことは「奇蹟」にほかならないが、その「奇蹟」が訪れたとしても、「私ら」は、「死」がもたらした「奇蹟」のうえで跳びあがるのがせいいっぱいなのだろう。窓の外の世界に飛び立つことは、かないそうにない。

絶望は深い。「形象（死）／非形象（生）」の二分法が虚しくなるような世界である。だが、外の世界にたどりつけなくとも、「私」は「私ら」となって、跳びあがることを夢みる。奇蹟は「私」という〈個〉（孤）の上には生じない。奪われ隠された「私」が「私ら」となり、つまり〈類〉となるつかのまに、奇蹟は生じる。だが奇蹟の内実は、「跳びあがる」自由、それだけに制限されている。

「死は私の殻を脱ぐ。」という一行も、多義的である。一行ごとに新たな秩序を生み出し、先の詩行のイメージをディコンストラクトし、謎を生み出す左川ちかの詩篇は、先にみたように遡及的に前の詩行を読み直すこと、再読を強いる仕掛けとなっている。

井坂洋子は「「私」というのは本質は死であって、「私」の姿というのは仮象のもので、「私」のその殻を脱げばそこには黒々とした死が現れる」と解釈した。[46] エリス俊子は、「すべてを支配する「死」のもとで、「私」は剝ぎ取られ、脱ぎ落とされ、捨てられる」と読んだ。[47]

「死」が主語である。「死は私の殻を脱ぐ。」のなら、「死」はそれまで「私」の殻をかぶっていたのか。「死」と「私」とは分節化可能だろうか。「死」と「私」とがわかちがたい実存であるなら、「死」は

「私」ごと、「私」の殻を脱ぐのではないか。「私」性の殻を脱ぐことで「死」は、剝き出しになり、普遍的なもの、遍在するものとして拡散するのか。それとも生きているようにみえていた「私」はすでに「死」の殻の痕跡、空虚であり、うつろな屍に過ぎなかったのか。再生産されるのは「死」であるのか。「死」が殻を脱ぎ捨てた後には、より新鮮な強靭な「死」が現れいでるのだろうか。

「死の長い巻鬚が一日だけしめつけるのをやめるならば私らは奇蹟の上で跳びあがる。」と一行あいて「死は私の殻を脱ぐ。」この詩行は、連なり方も謎である。「死の長い巻鬚が一日だけしめつけるのをやめる」という「奇蹟」はついに訪れず、死にしめつけられ、あげくに、死に殻を剝ぎ落とされ、捨てられるという、連なりなのか。「私ら」が「奇蹟の上で跳びあがる。」と、「死は私の殻を脱ぐ。」では、結末が解放の奇蹟になってしまい、詩として成り立たないとも考えられる。

一行ずつ、どこといってむだな詩語も表象もなく、切れ味の甘い詩行もないのに、どうして左川ちかの詩篇はこれほどまでに多義的なのだろうか。多義的である、というか、意味が充溢している。詩語が自律して意味を生み出してやまない。読むたびに、読者がはたらきかけるたびに、新たな意味が産出され、収拾がつかなくなるほどだ。

「死の髯」と詩想に共通性のある「幻の家」という詩篇がある。

料理人が青空を握る。四本の指あとがついて、次第に鶏が血をながす。ここでも太陽はつぶれてゐる。

たづねてくる空の看守。日光が駆け出すのを見る。

たれも住んでないからつぽの白い家。

人々の長い夢はこの家のまはりを幾重にもとりまいては花弁のやうに衰へてゐた。
死が徐ろに私の指にすがりつく。夜の殻を一枚づつとつてゐる。
この家は遠い世界の遠い思ひ出へと華麗な道が続いてゐる。（「幻の家」）

詩篇「死の髯」について、「死の長い巻鬚」を「料理人」「看守」の「巻鬚」と読む解釈もあるが、「幻の家」から「死の長い巻鬚」の表象は消えている。

「幻の家」では、「死」は、「私の指」から私でないもの（「夜の殻」）を、一枚ずつとっている。「夜の殻を一枚づつ」の修辞は、前の詩行に遡及して、幾重にもとりまく「花弁」のように衰えていた「人々の長い夢」に呼応する。衰えた花弁のように長い夢に幾重にもとりまかれた「家」「たれも住んでないからつぽの白い家」あるいは「幻の家」は、「私の指」の換喩となっているのである。「私の指」にすがりついた「死」が、「夜の殻を一枚づつ」取り去った後には、何が残るのか。「この家」「たれも住んでないからつぽの白い家」あるいは「幻の家」だけだろう。この詩篇はまるで「私」の死後について言表しているかのようだ。死後には「私」のからだ・身柄としての「から」は残されていない。けれども、その空虚な場所が「遠い世界の遠い思ひ出へと華麗な道が」続くように、どこかへつながっている。こことそこは連続している。こことそこはねじれながら連続している。時間軸においてもそのねじれと連続はみてとれる。

未来と過去はねじれながら通じている。そこに現出しているのは、思い出としての死であるかもしれない。思い出としての彼岸であるかもしれない。その連続性はかならずしも悲惨ではないものとして想い描かれている。

第三章

左川ちかを読む2

——動物と権力をめぐって

第一節　獄舎、病院、学校

鶴岡善久は、「左川ちかの詩にはほとんど社会的意識はない。社会の重たさを予感するかたちでの危機意識ではない(1)」と述べたが、はたしてそうだったろうか。鶴岡は、戦後の、冷戦期のイデオロギー対立の構図から、「社会的意識」「危機意識」のステレオタイプを再構成しているのではないか？　たしかに左川ちかは、たとえばそばにいた伊藤整が小樽高等商業学校（現・小樽商科大学）時代の同窓生・小林多喜二の文学と政治と死に敏感であったようには、時代のイデオロギーに反応してはいなかった。それでも吉岡実《みのる》が、黒田三郎が、出征を前にして昭森社版『左川ちか詩集』を手にしたことは知られている。それは既成のイデオロギー対立や党派性に包摂される「社会的意識」「危機意識」ではなかったかもしれないけれど、そのような文学と政治からこぼれる種類の重さや危機を左川ちかの詩が予感していなかったといえるだろうか。左川の詩が、無意識にであれ予兆する惨劇に、未来の詩人たちは社会や歴史の危機をも読みとったのではないか。動物化のイメージにあれほどこだわった詩人が、生政治《せいせいじ》に無頓着であったとは考えがたい。

赤い騒擾〔そうじょう〕が起る

夕方には太陽は海と共に死んでしまふ。そのあとを衣服が流れ波は捕へることが出来ない。

私の眼のそばから海は青い道をつくる。その下には無数の華麗な死骸が埋つてゐる。疲れた女達の一群の消滅。足跡をあわててかくす船がある
そこには何も住んでゐない。（「墜ちる海」）

「赤い騒擾」の詩語は、左川ちかが訳したハリー・クロスビー「SLEEPING TOGETHER」の一節にある。

IT IS SNOWING

私達は死[体](2)解剖を見ることによつて、戦争の恐怖を想像する。憂鬱なまで有能である看護婦はストウブの側に坐る。そして寝台車のマドンナの一節を読んでゐる間あなたは三年間 Tougourt に Chorus girls が来なかつたといふことをうるさく私に話してきかせようとする。私の冷たい手がなければ感情的な赤の騒擾が起る。

ハリー・クロスビーの詩は、「死体解剖」「戦争の恐怖」を具体的な背景にしている。「赤の騒擾」は、共産主義革命の隠喩ではなく、どこかしらエロティックな、性的な暴発を感受させる詩語である。左川ちかの「墜ちる海」のほうは、より抽象的だが、「死」「死骸」「消滅」「無」と、女たちの一群がこう

むった暴力の痕跡がしるされた風景である。

前章に引用した「死の髯」は、監禁状態についての詩でもあった。


死の長い巻鬚が一日だけしめつけるのをやめるならば私らは奇蹟の上で跳びあがる。

刺繍の裏のやうな外の世界に触れるために一匹の蛾となつて窓に突きあたる。

彼らは生命よりながい夢を牢獄の中で守つてゐる。

日光が駆け脚でゆくのを聞く。

たづねてくる青服の空の看守。（「死の髯」部分）

先に考察したように「彼ら」が誰なのかはわかりにくい。囚人たちは、すなわち、地上の牢獄につながれている者たちは、およそ地上のひとびとすべてであるのかもしれない。およそ地上のすべてのひとびとは、夢みる思想犯として囚われているのかもしれない。

プラトンの洞窟の比喩が響いているかとおもいきや、囚人たちにとって、日光は、まなざすものではなく、駆け脚でゆくのを聞く対象である。視覚イメージと聴覚イメージの転換がおこなわれている。それにしても青服の空の看守は、何用があって尋ねてくるのか。彼らの夢を点検するためにだろうか。この監禁状態の感覚は切実である。

「死の長い巻鬚」に締めつけられているというのは、病弱であった詩人の、病んだ肉体という牢獄に囚われた者の身体感覚にも通じるのだろう。が、その実感を、私的なものにとどめないのが「彼ら」

「私ら」という人称である。わたしたちは、実存として、死にいたる生の過程で、「死の長い巻鬚」に締めつけられながら生き、そして死んでいく。その普遍性を、この詩は読者に想い起こさせる。

病と死の予兆を、無意識のうちにも、夢みる時にも、忘れることができなかった詩人にとって、病んだ肉体は牢獄そのものであり、死はその肉体の殻であったかもしれない。だが「死は私の殻を脱ぐ。」と書く時、「死」は「私」個人の事情であることから離れ、普遍的なものとなる。

詩篇「死の髯」の監禁状態は、先に引用したように、文脈を変えて詩篇「幻の家」に変奏される。

たづねてくる空の看守。日光が駆け出すのを見る。
たれも住んでないからつぽの白い家。
人々の長い夢はこの家のまはりを幾重にもとりまいては花弁のやうに衰へてゐた。
死が徐ろに私の指にすがりつく。夜の殻を一枚づつとつてゐる。（「幻の家」部分）

生という牢獄から、牢獄としての病んだ肉体から、空っぽの白い家、幻の家へ。鶴岡善久は「完全な空虚な脱落意識が明白である。そしてそのへこんだ意識の部分で、「死が徐ろに私の指にすがりつく。」のである」「左川ちかのモダニズムは、「死」が接近することによって詩的現在へ切実につながっている」(3)と考察している。

惨劇の後、死後の生を表象するような、その意味ではまったく「死の髯」とは異なる詩篇「幻の家」である。生の苦痛から解放された肉体は、誰も住んでいない空虚な白い家、幻の家として表象されている。死は、「私」のもの、「私の指にすがりつく」ものとして、擬人化、実体化される。夜の殻を一枚ずつとっているのも、死のしわざだろうか。「「死は私の殻を脱ぐ」という一行の、さっぱりとしていて後戻りのできない完結した世界は、「一枚づつ」というもう少しのこまやかさをくぐり抜けて、遠いものに結びついていく」[4]と蜂飼耳《はちかいみみ》は読んだ。死後のまなざしが、「遠い世界の遠い思ひ出」(「幻の家」、第二章参照)としての生を振り返っているようだが、それを「華麗な道」(同前)と呼ぶところは、豪奢でもあり残酷でもある。

夜の殻をたどりなおすと、花弁のように衰えた、家のまわりを幾重にもとりまいた、人々の長い夢に通じる。

左川ちかには改稿癖とでもいえるような書き方があった。詩が再録されるたびに、加筆改稿し、再掲の機会があるたびに異本(ヴァリアント)をつくりだすのだった。彼女の詩人としての人生はあまりに短かったし、出発の時からほとんど完成された詩人であったけれども、その短い詩人としての人生のあいだにも、詩想は揺れ、未完のままに手を加えられ、変容し続けている。その詩はつねに途上にあった。

もっとも、改稿された詩がかならずしも初出よりすぐれているとはかぎらない。詩人は、改稿によって、自身にも統御できない詩の秩序や、多義性、無意識の噴出を、なんとかしようと試みたあとがみられる。そのことはしばしば、改稿後の詩篇を、詩表現というよりは概念的なものにしてしまった。苦痛にみちた肉を削ぎ落とされ、骨、遺骨のような姿になった詩もある。それは成熟とも完成ともいえない。成熟は左川の本領から遠い、いや、左川ははじめからそれ以上になく成熟しているはずだった。

雲の軍帽をかぶつた青い士官の一隊がならんでゐる。
無限の穴より夜の首を切り落す。　(「断片」部分)

左川ちかの詩には、「看守」「士官」といった暴力装置を担う主体のイメージがちらちら見え隠れする。もちろん、ここでは「看守」「士官」といった役割を担う人間そのものの描写ではなく、「雲の軍帽をかぶつた青い士官の一隊」とは、「夜の首」を切り落として、新たな一日をはじめる、青空のなかに見出された群れ、ムラのある青空のイメージのよじれたさまなのだろう。それが指し示すものを歴史のなかに探すことは、愚かなわざかもしれない。それでも、こうした暴力的な表象が、日本の狭義のモダニズム詩の戯れや、女性詩に期待される情緒から逸脱していることはまちがいない。

小学校の裏門を通ると蜂の巣のやうに騒がしい音がして一オクターヴ低い国歌がオルガンのKeyを離れる。それらが遠い風のやうな終りになると、村は全く空中に沈んで無風地帯では鳥は啼《な》かない。南天畑は漆《うるし》を溶したやうにどろどろと美しい。陸軍の自動車隊のある丘が見える、其処は枯草が焦げた饅頭のやうに丸い形をしてゐる。褐色の蜥蜴《とかげ》が天気の良い日に通風筒がケラケラケラケラ廻るのを見てゐる。あれは何だ！　クリームを塗つたばかりの長靴の整列。（「三原色の作文」部分）

学校や軍隊という近代の文化装置の核をためらいなく摑んでいる。生硬で直喩が多すぎるが、この詩行に続いて「草原の真中に瘋癲病院がある。屋根の上の旗は道を迷はないための目標だといふ話である。」と、病院、それも精神病院が配置される。近代の権力による監禁と訓練のイデオロギー装置を端的に視野におさめた幻視の風景である。体験者としてではなく、モダニズムの幻視者として、詩人には権力の配置がみえていたのである。

私達の凭《よ》りかかつてゐる壁のやうなもので出来た夜が押し拡げてゆくのは貧弱な罎《びん》の口から落ちてゐる一滴の黒い水である。それが殖民地の港を潜り、裏切られた人々の心を流れ、明るくなるまで堰止《せきと》められることはないだらう。（「夜の散歩」部分）

菊地利奈とキャロル・ヘイズが、「北海道というポストコロニアル的周縁を生き」たと、規定した左川ちかである。周縁からみえたのは、内地と異なる自然風景や植生だけではない。周縁にあって、「凭りかかつてゐる壁」を感受しつつ、「貧弱な罎の口から落ちてゐる一滴の黒い水」の行方をみまもる。「それが殖民地の港を潜り、裏切られた人々の心を流れ」ることを想い描く。二一世紀の読者は、ここに二〇世紀の読者には見逃されたかもしれない「社会的意識」「危機意識」を認めずにはいられまい。

第二節　仮面、ペルソナ、表情

美麗な衣裳を裏返して、都会の夜は女のやうに眠つた。

私はいま殻を乾す。

鱗のやうな皮膚は金属のやうに冷たいのである。

顔半面を塗りつぶしたこの秘密をたれもしつてはゐないのだ。
夜は、盗まれた表情を自由に廻転さす痣《あざ》のある女を有頂天にする。（「昆虫」部分）

先に言及したように、「昆虫」の繁殖の速度は、性差の境界をみえないものにする速度であり、性差への問いを宙吊りにしてまたぎ越す速度でもあった。

だが、それに続く詩行は繰り返し「女」に言及し、しかもその女性性を異化するのである。「女のやうに」眠る「都会の夜」。しかし「私」は眠らない。そこに差異が設けられる。「殻を乾す」「私」は、「昆虫」に接近する。「金属のやう」な「私」の「皮膚」は、「電流」に反応しそうだという点でも、「昆虫」に近い。そこでも無機物と有機物が接合する。「女のやうに」眠る都会の夜に、眠らない「女」は、「昆虫」に生成変化し、規範としての女性性から自由に「有頂天」になる。

松浦寿輝《ひさき》は「自分から見た自分（一人称）と他人から見た自分（三人称）が同時に現われる。ピカソの絵なんかに、正面像の顔と横顔とが共存している画面があったりするけれど、何かそんな感じ(5)」と述べた。

左川ちかは、キュビズムに通じるとも考えられる、まなざしのありようについて、次のように語っていた。

私たちは一個のりんごを画く時、丸くて赤いといふ観念を此の物質に与へてしまつてはいけないと思ふ。なぜならばりんごといふ一つのサアクルに対して実にいいかげんに定められた常識は絵画の場合に何等適用されることの意味はない。誰かが丸くて赤いと云つたとしてもそれはほんのわづかな側面の反射であつて、その裏側が腐つて青ぶくれてゐる時もあるし、切断面はぢくざくとしてゐるかも知れない。りんごといふもののもつ包含性といふものをあらゆる視点から角度を違えて眺められるべきであらう。（「魚の眼であつたならば」部分）

「殻」「鱗」「金属」そして半面を塗りつぶした顔、盗まれた表情、痣のある女それらは「私」とは名指されることのない「私」でもある。異形としての、匿名の「私」である。「私の外貌が体験されるのは、他者のカテゴリーでだけである」（バフチン『作者と主人公』(6)）をふと想起する。

水田宗子は「ペルソナ」というキーワードを用いて、左川ちかを読んだ。

痣のあるペルソナは、昼の日常の時間では、典型的で模範的な女ではあり得ない自我を内包している女であることを表象しているが、夜こそ、ペルソナが自分を取り戻し、その隠された内面が殻からはみ出てあたりをなめ尽くす、自我の時間なのだ。(7)

水田はまた、痣のある女は、女からはみ出した「私」であり、その異質な内面の強烈な露出が、昆虫の繁殖力、電流の速度、グロテスクな空間拡張によって表されているとも分析する。

水田の所説の背後には「近代女性詩の表現の方向性として、一つには与謝野晶子のように「わたし」で語る流れがあります。自分が考えていることや自分の内面を「わたし」という一人称で思うままに語るわけです。もう一つの潮流は左川ちかのように、語るべきものが大きな「亀裂」のなかに埋没されていて、それゆえ主体は「わたし」とは語り出せないというもので、この流れは戦後の女性詩人、茨木のり子や石垣りん、吉原幸子、白石かずこ、高良《こうら》留美子へとつながります。「亀裂」は詩人の内面にあって、そのために世界との関係を作れない。その亀裂の原因には、ジェンダー文化の中で受けた傷もあります」(8)という近代女性詩の史的な見取り図がある。

これに先立って、クリハラ冉《なみ》は、与謝野晶子の詩篇「そぞろごと」の次の詩句と比較して分析していた。「一人称にてのみ物書かばや。／われは女《おなご》ぞ。／一人称にてのみ物書かばや。／われは。われは。」、たとえば、富岡多恵子の一人称の場合は「一人称だけで物を書きたい。／でも私は女だ。」という発想があり、それに対して、左川ちかの一人称は「一人称だけで物を書きたい。／なぜなら私は女だから。」と、「社会概念を超越し〔略〕宇宙論的な女」として語るのだという(9)。

坂東里美は、「昆虫の鱗のような冷たい皮膚をもった都会の女は、夜、その殻を脱いで乾かす。不気味で美しい光景だ」、それは「現代でも十分共感できる」として、「この秘密」を「詩を書く私」と読んでいた。「現実の日常の世界を大胆自由に廻転させ、遠心力の力でおもいっきり遠い超現実の世界にまで飛び立つ。嬉々として「新しい詩」を書く私がそこにいる(10)」と。

たしかに「昼の日常の時間」は、「昼の間は巧みな表情やお世辞の多い会話で蔽ひ隠せるだけ隠した人達」(左川ちか「夜の散歩」)のものである。「巧みな表情」「お世辞」「蔽ひ」で、社交にまぎれ、なんの痛痒も感じないひとびとのものだ。そもそものようなひとびとであれば「ペルソナ」など必要としない。より厳密にいえば、「ペルソナ」と内面という二重性を必要としない。鳥居万由実は、「女性作者の詩的主体が出発するためには、昼間の仮面の死が必要なのだ」と主張した。しかも、「昼間のペルソナを脱いだところに、現実的な主体が構築されているわけではない。〔略〕そこはまだ名付けられない領域であり、死と否定性からなる混沌が渦巻いていて〔略〕作中主体が恐怖を覚える場所(11)」でもあるという。それゆえ、そこでは「他者化され排除された不気味なイメージ」に出会うことになる。

だから、夜の時間もまた両義的なのである。「私」が殻を脱ぎ、自分を取り戻そうとする時、「誰も見てゐるわけではないのに裸になつてゐるやうに私は身慄《みぶる》ひする。」(「夜の散歩」)のだ。むき出しの「私」は「私」自身を戦慄させる。

クリハラ冉は左川の「昆虫」を「喩づくしの詩」と呼び、その喩えを支えているのは「私というものの中にはたくさんの他者がいる、という〈私〉[12]の感覚」の持続であるとし、「他者の言葉を受け入れても私は自由である幸福、つまり〈私＝他者の私〉」を読みとっている。私というもののなかには、たくさんの他者がいて、その他者のなかには人間ではないたくさんの生きものがいるという自覚といいかえてもよい。

昼と夜がすっきりした二分法、二項対立図式におさまらないのと同様に、「ペルソナ」と内面という二重性が、すっきりと二分されるわけではない。したがって「盗まれた表情」の意味も実は多義的である。昼の時間に世間に「盗まれた表情」を夜の時間にとりもどす、そういうわかりやすい単純な構図ではない。詩人はいたるところで二項対立図式を攪乱している。多義的でありうる昼／夜の対立軸に、これもまた多義的でありうる都市／自然の対立軸が交錯する。問題はさらに複雑になる。

変化に富んだ植物の成長がどんなに潑剌《はつらつ》としてゐることだらう、私は本を読むことも煙草を吸ふことも出来なくなつた。枝が揺れてゐる、焰々《えんえん》ととりまかれてゐる、と彼らの表情のどんな小さな動きをも見逃さないやうに、と思つてゐるうちに、私自身の表現力は少しも役に立たないものになつて、手を挙げたり、笑つたりすることすら彼らの表情のとほりを真似てゐるにすぎない。私のものは何一つなく彼らの動いてゐるそのままの繰返しで、また彼らから盗んだ表情なのである。どちらが影なのかわからなくなつた。私が与へたものは何もない。それなのに彼らのすることはどんなことでも受入れてしまつた。かうしてゐるうちに私は一本の樹に化して樹立の中に消えてしまふだらう。私は今まで生きてゐると思つてゐただけで実は存在してゐないのかも知れないのだ。（左川ちか「前奏曲」部分）

人間が表情を持つように植物も表情を持つ。表情とともに、「ペルソナ」と内面の二重性が生じる。いや、むしろ、この詩篇においては、人間も植物も二重性として現前する、といったほうがよい。「ペルソナ」といい、内面という、分節化は事後的に生じる。だから、ここに現前しているのは、植物の擬人化としての、自然の人間化ではない。「私」にとっては、植物の表情こそ、読むにあたいするなにかだ。植物の表情の読解行為にかまけていると、他の人間の表情を読むことも、人間界の書物を読むことも、「私自身の表現力」も、失効させられる。それほど圧倒的なのである。

読むことが真似ることになる。興味深い読書論である。「私」は植物の表情を真似る。事態は、表情を持つにいたる植物の変容とそれを読解する行為をなかだちにした「私」の植物化、植物への生成変化である。

「私」は植物の「表情」を模倣し、反復し、剽窃《ひょうせつ》する。植物の人間化・動物化の陰画には、動物化する植物を模倣して植物化する「私」の変容がある。ただし「私」が植物化することは、「私」が自然のなかに受け入れられることを意味しない。アニミズム的な自然との交流も成立する望みがない。寓話でもない。「私」は人間ではないものになり、消滅しそうな不確かな存在になってしまう。

「私」は、表情を盗まれた者である一方で、植物から表情を盗む者でもあった。「私」の表情は盗んだものと盗まれたものから成り立っている。あるいはあらゆる表情が、盗んだものと盗まれたものから成り立っている。盗むことと盗まれることが並行しうることは、与えることと受け入れること、本体と影、本物と模倣といった二項対立の確からしさに支えられた系を揺るがす。本体や本物がどこにあるだろうか。本体／影、本物／模倣の境界はかりそめのもの、いくたびもひきなおされるものにすぎない。どちらが影なのかわからなくなる。それらは流動的で交替可能なのである。あえていうなら、盗むことと盗まれることの差異は、時差に過ぎない。

「すつかり私を真似た幾人か」(「硝子の道」、第一章参照)が登場するのはモダン都市空間に限定された出来事ではない。植物にとりかこまれた空間では、「私」が植物を模倣する。モダン都市空間をくぐりぬけたまなざしは、自然のなかにも、模倣し模倣され、表情を盗み盗まれる関係を見出す。そのように、いわばペルソナはモダン都市空間と自然空間とを横断し、相互交渉、相対化、循環をくりかえして、死(消滅)にいたる。その消滅は、アニミズム的な親和性とは無縁である。自然に還るといった自然への同化ではなく自然への疎外である。追放である。いいかえれば、ここで自然と名指された、植物にとりかこまれた空間とは、死とエロスの横溢《おういつ》する幻景のような空間であり、詩的空間である。「私」の消滅はここでも、詩的体験として想い描かれている。

植物は「私」の鏡ではない。つまり、「私」がそこに私自身が映っているのを見出すような反映／反省の表面ではない。植物が「表情」を持つとは、植物がまなざされるものでありつつ、まなざすものでもあるということである。まなざしつつ、「表情」は、みずからを表象する。「表情」は互いに読まれ、反応を引き出す。植物の「表情」は、花粉を媒介する昆虫を引き寄せたり、捕食者を刺激したりするのだろう。潜在的な捕食者であり破壊者である人間を見つめ返しもするだろう。一方「私」は植物の生命力に圧倒され、萎縮し、「表現力」を失ったままである。みずからを表象する力が無効にされてしまう。記号を操る動物、記号と身体を結びつける動物としての人間の「表現力」は、いまや人間に固有のものとされていない。

第三節　複数の太陽

水田宗子は、左川の詩に現れる自然のイメージについて「太陽でも月でも海でも、これまでの表現や文化表象のテキストの中で使われてきた記号やメタフォリカルな意味や連想から断ち切られて、絶対的な他者の力を感知する詩人の感性によって、崩壊や終末を予兆するイメージに変貌している[13]」と述べた。

さういへば太陽は最初は眼のそばで照り、それから背後にまはつて終日人間につきまとつてゐる安物の金ピカなのだが、どうやら少し歪んできた。（「三原色の作文」部分）

左川ちかの天体イメージは時には、こんなふうに稲垣足穂《たるほ》（一九〇〇―七七）を彷彿とさせる。

「お月さんが出てるね」
「何！　安物ですよ　あいつはブリキ製ですよ」

「ブリキ製だつて？」

「えゝ何うせニツケルメツキですよ」

（僕が聞いたのはこれだけ）[14]（稲垣足穂「或る夜倉庫の蔭で聞いた話」）

だが足穂はあくまで夜の薄明（トワイライト）の詩人、月の詩人である。

それにもまして左川ちかと足穂で違うのは、左川の詩篇の「太陽」の死にいたるはげしさである。

「太陽」もまた自立した生命体であるかのように、痛覚をともなって立ち現れる。


夕暮が遠くで太陽の舌を切る。

水の中では空の街々が笑ふことをやめる。

総ての影が樹の上から降りて来て私をとりまく。林や窓硝子は女のやうに青ざめる。（「黒い空気」部分）

夕方には太陽は海と共に死んでしまふ。そのあとを衣服が流れ波は捕へることが出来ない。（「墜ちる海」部分）

歓楽は死のあちら　地球のあちらから呼んでゐる　例へば重くなつた太陽が青い空の方へ落ちてゆくのを見る　（「緑色の透視」部分）

料理人が青空を握る。四本の指跡がついて、
——次第に鶏が血をながす。ここでも太陽はつぶれてゐる。（「死の髯」部分）

詩語として表象としての「太陽」は、地上の生命体を育む（時に焼き尽くし、死に至る病をもたらす）と同時に、それ自体が生命体、身体であるかのように、もしくは顔であるかのように語られる。撓《たわ》み、歪み、血を流し、増殖する。死にいたるということは、生命でもあるということだ。

太陽の無限の伝播作用。
病原地では植物が渇き、荒廃した街路をかけてゐる雲。（「The mad house」部分）

この「太陽」は生命を育むというより、病の「伝播作用」を駆動させているかのようだ。

人々が大切さうに渡していつた硝子の翼にはさんだ恋を、太陽は街かどで毀してしまふ。（「ガラスの翼」部分）

「太陽」は、破壊者でもある。
「太陽」は、軌道を外れて、運動し、数を増すことができる。

夜の口が開く森や時計台が吐き出される。

太陽は立上つて青い硝子の路を走る。
街は音楽の一片に自動車やスカァツに切り鋏まれて飾窓の中へ飛び込む。
果物屋は朝を匂はす。
太陽はそこでも青色に数をます。（「出発」部分）

「太陽」は色を変える。時に青色に、また時には黒色に。

スレエトが午後の黒い太陽のやうに汗ばんでゐる。（「暗い夏」部分）

汚れることもあった。

アスパラガスの茂みが
午後のよごれた太陽の中へ飛びこむ（「他の一つのもの」部分）

「太陽」は成長し、衰退しては死と再生をくりかえし、循環する時間をつかさどるかのようだった。
「太陽」は、盛りの時、獣たちのように、「一頭」「二頭」と数えられるのだった。

正午、二頭の太陽は闘技場をかけのぼる。（「断片」部分）

これは詩篇「単純なる風景」の「太陽」に隣接している。

二頭の闘牛よ！
角の下で、日光は血潮のやうに流れる。（「単純なる風景」部分）

エリス俊子は「左川の詩には、強迫的といえるほどに繰り返し登場するイメージがいくつかあるが、その一つは太陽だろう」(15)と注意を喚起していた。「数を増したり、駆けのぼったり、走り回り、転げ回り、落ちたり、潰れたり、死んでしまったりする太陽には修飾語がなく、それ自体として存在し、暴れ回っている様子である。そして、そこにはそれを見ている語り手の「私」が想定されている」と。大胆で暴力的、もしくは「必ずしも攻撃的でない場合も、自立した生き物のように振るまう自然」について、エリス俊子は「一般的な意味での擬人法ではない。自然を比喩的に人間化しているのではなく、自然がそれ自体として生きているような状態」であり、左川ちか自身は、「自然を擬人化する、あるいはより広く、自然を人間的感情のなかにとり込むことについて〔略〕懐疑的」であったと論証している。

くりかえすが、左川ちかが求めたのは自然の人間化ではなく、自然と人間との生命的な関係の組み替えだったのである。

暁方《あけがた》ミセイは、「潰れた顔や、太陽や、果樹園は、左川の詩に繰り返し現われるモチーフで、エルンストで言うところの「フィギュア」のように、独特の言語として使われる。なかでも「太陽」は、左川の詩のなかで、まさしく「フィギュア」のように一貫した登場人物として仮面を変えて度々現われる」(16)と指摘する。

「フィギュア」とは「モチーフ」(主語的要素)に着目した指摘だが、「つぶれる」という述辞への注目は、さらに示唆的である。「「つぶれる」とは、失っていると同時に、その皮膚の下に本質を隠していることだと思う」と暁方は述べる。事態は、「つぶれる」という崩壊からあらわれるなにものかが、隠されていた本質であるかのように、みずからをあらわしだすことの驚異なのだと言い換えてみたい。「つぶれる」、そこになにかがある。意味するものがたちあがる。なにがあるかは隠されあるいは語られなくとも、詩としては雄弁である。

第四節　果樹園、ミドリという名の少年

だから、素朴に、太陽の恵みとか、自然の豊かさとか、左川ちかの詩篇については、無邪気にいうことはできない。

果樹園は林檎の花ざかり。鮮かに空を限つて咲いてゐる。
私はミドリといふ名の少年を知つてゐた。庭から道端に枝をのばしてゐる杏《あんず》の花のやうにずい分ひ弱い感じがした。彼は隔離病室から出て来たばかりであつたから。彼の新しい普段着の紺の匂が眼にしみる。突然私の目前をかすめた。彼はうす暗い果樹園へ駈けだしてゐるのである。叫び声をたてて。それは動物の声のやうな震動を周囲にあたへた。白く素足が宙に浮いて。少年は遂に帰つてこなかつた。(「暗い夏」部分)

果樹園は惨劇の場である。

この詩篇「暗い夏」は、口語散文詩の物語性という見かけについて、考えさせる。だが「ミドリといふ名の少年」は、詩のなかにしか存在できまい。そう想わせるのは、少年の変容があまりに速すぎるからである。突然駆けだし、叫び声、動物の声のような震動を周囲に与え、あとは白く素足が宙に浮くまで、すなわち死まで、ひと息である。ひ弱な病み上がりの未成熟な生命体の感じから、一転しての、疾駆する少年の動物化と死。

林檎の花盛りの果樹園の薄暗い樹のしためがけて駆け出す少年の、「ミドリ」という固有名は、彼の死のための場所の換喩にもなっている。「りんご樹の間の死」というトラウマを刻んだヴァージニア・ウルフ『波』のテクストをふたたび想い出す。左川ちかにも「死は柊《ひいらぎ》の葉の間にゐる。」(「雪が降ってゐる」、第一章参照)という詩行があった。

少年の白い素足は詩篇「暗い夏」においては、彼にひ弱な感じを与える杏の花のような、白色のイメージの系である。白く素足が宙に浮く、という、不帰のありようは、少年の昇天をも連想させる、逆立してはいるものの。「ミドリ」という固有名は、少女の名でもありうる、性差があいまいな固有名だ。杏の花のようにひ弱な感じもふくめて、少年は、どこかしら少女性をも帯びている。佐藤弓生《ゆみお》は、「〈私〉が彼を〈知つてゐた〉のは、彼が〈私〉の分身だったからではないか」[17]と問いかけた。あわせて、昇天のイメージは、天使に通じる。ふたたびの確認になるが、天使はひとではないものでもあり、両性具有的な存在でもある。

両性具有的な、花もしくは植物のような少年の生命を、一瞬の動物化が切断する。

左川ちかの詩篇に少年という詩語はめったに現れない。現れる時それは、特権的な表象である。

その日、
空の少年の肌のやうに悲しい。
永遠は私達のあひだを切断する。
あの向ふに私はいくつもの映像を見失ふ。（「循環路」部分）

プラトン「饗宴」で説かれた雌雄同体の人間が切断されて女性／男性の個体へと分化したという寓話のように、「永遠は私達のあひだを切断する」。手の届かない「空」への憧憬は、半身である「少年の肌」への憧憬もしくは郷愁のように「悲しい」。「あの向ふ」とは「空」という空間の向こうでもあり、「永遠」という時間の向こうでもあり、なにより、「切断」すなわち分節化、意味づけの向こう側でもあろう。「少年の肌」は触れることのできない、絶対零度の空中に配置されている。

ところで「暗い夏」のミドリという名の少年が入っていた隔離病室とは、何の病による隔離だろうか。伝染病、それとも狂気。ミドリという名の少年には誰も触れることができず、少年とのあいだは断ち切られたままである。

さまざまに読みうる読書行為の可能性、意味するものの過剰が、詩篇「暗い夏」に物語のような外見を与えていた。だが実際にそこにあるのは、物語ではなく、多義的に読みうる謎である。

第五節　植物の液状化、気化

左川ちかの詩篇には、北の大地の独特の植生を示す固有名がちりばめられている。柊、アカシヤ、ミルテ、亜麻、アスパラガス、リラなど。

それ以上にとりわけ、左川ちかの植物の世界は、名前のない植物、「緑」について書く場合に異彩を放つ。植物が固有名を失うまでに凝縮され、「緑」という色の次元に絞りあげられる。「緑」はそれだけの生命の変容と強度を持つ。

井坂洋子は、「左川ちかと緑のたたかい」というエッセイを書いた(18)。そこでは、左川ちかの「各イメージが放り出されてそこにあるのではなく、それぞれが粘りをもって微妙に連携し合い、一篇を形づくっている」こと、そして「映像や心象風景を盾にしてある種の雰囲気を醸し出すにとどまらず、そのイメージと引き合うだけの感情なり思念なりが書き手の側にあって、それがイメージからつんのめって出そうになっていること」「イメージに強度」があることなどに触れながら、「自然の暴力的な芽吹きや生命力と一体になるのではなく、その季節と擦過する時の怖れを詩にしている」と述べている。

私は最初に見る　賑やかに近づいて来る彼らを　緑の階段をいくつも降りて　其処を通つて　あちらを向いて　狭いところに詰つてゐる　途中少しづつかたまつて山になり　動く時には麦の畑を光の波が畝《うね》になつて続く　森林地帯は濃い水液が溢れてかきまぜることが出来ない　（左川ちか「緑の

焔」部分）

「私は見る」「私は見た」「私は知る」でいきなり始まる詩法は、菊地利奈によれば単なる倒置ではなく、英文「直訳」体である。それは修辞ではない、なにごとかなのだ。

エリス俊子は次のように読む。「いきなり登場する「彼ら」とは「緑」のことで、「階段をいくつも降りて」とは、向こうの山の方から木々の緑が重なり合うようにしてこちらに迫ってくるさまをいっているのだろう。「狭いところに詰つてゐる」というのも木々が密集して生えているさまで、「森林地帯は濃い水液が溢れてかきまぜることが出来ない」についても同様である。だが、これが樹木のイメージにとどまらず、「濃い水液」の溢れていくさまに重ねられることによって、向こう側から襲ってくる「緑」が、水がうねるような威力をもっていることが示唆される。「かきまぜることが出来ない」ほどに「濃い水液」には〔略〕草木のなかで繁殖する虫の体液の連想もある[19]」。

生きものは「濃い水液」のなかの水のように、環境に内属しているのだろう。「緑」であるとはそういう状態の表象であろう。そこから「私」は疎外されている。

「緑」は、無名化し、流動化・流体化し、自立した生物（動物）のように動きまわり、にぎやかで、「彼ら」という人称を持つ。固有名によって分節化することはできない。かきまぜることができないのは、緑の植物と緑の虫たちの体液とを分離することができないという事態にも通じる。

「緑」は焔であり、「濃い水液」である。それは人間中心の合目的性から遠く離れているので、かきまぜることができない。不均等な群れではあろうが、人間の手では攪拌《かくはん》することができない。かきまぜることができない「水液」は、一方で、それを構成する部分に分解することもできない。森林地帯の植物、緑色の幼虫、青虫、芋虫たち、そこに様々な生き物たちが溶けこんでいる。そこには森林地帯の生態系の種の差異の溶解があらわされている。森林地帯の食物連鎖の、捕食者と被食者の差異も、「濃い水液」に溶解して、人間の眼にはみえなくなる。粘度は高い。

「緑」は「私」に近づく。「私」は「緑」に脅かされる。分離はできず、かきまぜることもできず、差異はあらわれでては、そのかたわらで溶解する。「私」はその「緑」の領域を客体化すること、客観視すること、分節化することができない。

私はあわてて窓を閉ぢる　危険は私まで来てゐる　外では火災が起つてゐる　美しく燃えてゐる緑の焔は地球の外側をめぐりながら高く拡がり　そしてしまひには細い一本の地平線にちぢめられて消えてしまふ　（「緑の焰」部分）

「緑」の脅威は、流動する「濃い水液」の物質的想像力から、「緑の焰」への転位によって臨界を越える。脅威は地球規模のものとなり、地球の外側をめぐり、しまいに細い一本の地平線に縮められてようやく消える。

新井豊美は、この表象に「夭折《ようせつ》に向かう生命の衰弱感」を読みとった。「緑」の消失に「私」の生命の換喩を読む解釈であろう。新井は「病んだ身体が無意識のうちに押し出してくるその濃密な身体性がちかの詩に個性的なリアリティを与えている」[20]ともいう。だが左川ちかが体験した病と死には還元できない病理と死が、左川の言語空間には横溢している。

たしかに「私」は「緑」にほとんど圧倒されている。それは「緑」との安定的な一体化というような事態ではない。「緑」と「私」とは運命共同体のようには、容れあうことができない。燃えあがる時も衰える時も「緑の焰」すなわち「私」とはならない。苛立《いらだ》ちも、葛藤も、痕跡として残されている。「緑の焰は地球の外側をめぐりながら高く拡がり　そしてしまひには細い一本の地平線にちぢめられて消えてしまふ」、これを、たんなる「緑」の「焰」の消滅と読むか、その後にも続く変成・転位の一段階として読むかで、解釈は分かれる。空間的な拡大の臨界点で、「細い一本の地平線にちぢめられて」、もっとも遠いところから「私」を見つめ返すまなざしに、時間に、「緑」の「焰」は転じているのではないか。「危険は私まで来てゐる」その危険は、「私」を去ってはいない。「緑」の「焰」の拡大と消滅は、空間的拡大そして消滅から、時間的な延長そして生成へと、ねじれながら連なっていく。

逃れようとしても逃れることができない。巻き込まれている。すでに「体重は私を離れ　忘却の穴の中へつれもどす」「眼は緑色に染まつてゐる」(「緑の焰」)と、「私」は「緑」に同一化できないものの、侵犯され、伝染してしまっている。「街路では太陽の環の影をくぐつて遊んでゐる盲目の少女」(同前)は、「眼は緑色に染まつてゐる」私に近接している。「あまりにも凄まじい「緑」の威力に圧倒されたとたん、視力を失って影のなかにいる少女[21]」を、「私」はみている。

「私」の「体重」、質量、いいかえると「私」の身体、生命もまた「緑」に奪われてしまった。「悲しむことも話しかけることも意味がない」(同前)のは、「信じることが不確」(同前)かになるのは、意味を成立させる分節化、差異が、溶解し、文字通り気化した世界だからである。

私の後から目かくしをしてゐるのは誰か?　私を睡眠へ突き墜せ。(「緑の焰」部分)

と、詩篇は結ばれる。空間を占める「緑の焔」はちぢまって不可視のものになっても、「私」を後ろから目隠しするみえない手であり、ひとびとから視力を奪う世界のまなざしそのものであり、睡眠へと溶解する意識の時間でもありうる。

「私」は苛立っている。「睡眠」は死と紙一重かもしれないが、目隠しされているよりはましな状態だというかのようである。しかも「私」は体重を失っているので、自らの重さによっては墜落することもできかねるのである。延命への苛立ちすら読み取れる。

第六節　動物化する植物

「雨は木から葉を追ひ払つた」（「果実の午後」）、「八月はやく葉らは死んでしまひ」（「夏のをはり」）といった、あえての、ぎこちない直訳調の複数形、それを通じての擬人化もまた、植物の人間化を通り越して、逸脱の回路をたどる。人間化の臨界を越えたところに、植物の動物化が生じる。より暴力的な運動体である。

自立し、向こうからうねるようにおしよせてくる、流体化し、動物化した植物の「緑」のイメージは、詩篇「緑」でも圧倒的である。

朝のバルコンから　波のやうにおしよせ
そこらぢゆうあふれてしまふ

私は山のみちで溺れさうになり
息がつまつていく度もまへのめりになるのを支へる
視力のなかの街は夢がまはるやうに開いたり閉ぢたりする
それらをめぐつて彼らはおそろしい勢で崩れかかる
私は人に捨てられた　（「緑」）

左川ちかの詩篇「緑」全文である。

「緑」は朝のバルコンという、いかにもモダンな装置のそこここからあふれだす。「私」はおしながされて、バルコンのある文化的な住宅にいるのか、山の道にいるのか、街にいるのか、さだかではなくなる。「緑」は流体化するので、「山のみち」でも溺れそうになる。夢が回るように開いたり閉じたりする視界は、先に指摘したように、無声映画の時代にアイリスと呼ばれた場面転換の方法を連想させる。アイリスの手法はたとえば『カリガリ博士』が有名だが、一九二〇年代、三〇年代の無声映画にはよく使われた場面転換の手法で、四角いスクリーンに、絞りをまるく絞って視界を閉じて暗転したり、またまるくほんのり視界を開いて、それから四角いスクリーンいっぱいに広がったりしていた。

「緑」とモダニティ、「緑」と街は、葛藤しつつもねじれて溶解している。「緑」は、モダンな装置にも、モダンな都市にも、飼い慣らされることなく、氾濫し、「私」を襲う。視力のなかの街を巡って、おそろしい勢いで崩れかかる「彼ら」とは、たけだけしい「緑」のことだろう。

「緑」は、液状化して、個体を越えた連続体となり、運動体となり、海原の「波」のようにおしよせ、氾濫し、山をゆく「私」を「溺れさう」というほどに翻弄する。「緑」の液状化は、植物の形態の変容であるのにくわえて、植物と緑色の動物たとえば幼虫、青虫、芋虫らとの連続、混淆、融合、そして植物の動物化の形象である。植物は動物と同じく「呼吸」する。「私」は植物に生気を奪われ、圧倒される。

そこに決定的な一行があらわれる。

私は人に捨てられた

従来多くの読者が、そこに具体的な男性の固有名をあてはめて、失恋の衝撃だと解釈してきた詩行である。

富岡多恵子は、先に述べたように、そこに詩人の誕生を読んだ[22]。富岡は、左川ちかが体験を乗り越えて詩人として誕生したことをこの一行に読んだ。「近代詩以降の日本の詩は、男の詩の歴史である。女の詩人もいることはいたが、「男を捨て」「男に捨てられた」体験はあっても、「人を捨て」「人に捨てられた」認識がほとんどなかった」(第一章参照)と。「人を捨て」「人に捨てられた」認識が、左川ちかを詩人にしたのだという。

ちなみに、英訳では、中保佐和子訳でも菊地利奈+キャロル・ヘイズ訳でも、「人」は、男性とも女性とも、ヒトとも示されず、「I was abandoned」である。誰が捨てたのか、誰に捨てられたのか、テクストから隠されているために、いっそう、「私」の孤絶がきわだたされる。ただし、原詩の意味の幅とノイズは英訳によって少し狭められ、スッキリしすぎるきらいもある。

誰が捨てたのか、誰に捨てられたのか、という問いは、詩人の伝記的エピソードへの誘惑をおさえきれない。が、詩篇のなかで、そのテクスト中の主体の「私」と対峙しているのは、男性でも女性でも何びとでもない、「緑」の氾濫である。それを忘れてはならない。「私」は圧倒的な「緑」の氾濫にただひとりむかいあい、いままさに呑み込まれそうになっている。

捨てられたことの射程がどこまで届くのか、どこまでさかのぼるのか。例によって「私は人に捨てられた」という断ち切るような異様な一行のために、読者は、それ以前の詩行を読み直すようにうながされるのである。再読を強いられた読者は詩に問いかける。「私」が人に捨てられたがために「緑」は氾濫をはじめたのか、「緑」の氾濫に身を委ねた結果「私」は人に捨てられたのか。だがそのような因果関係は、そのような問いは、「緑」の氾濫と「緑」の獰猛《どうもう》な生成変化のなかで、失効するようにみえる。それよりも「私」が人に捨てられた、その状態、捨てられた「私」の心身の換喩が、「緑」の氾濫としてあらわされていることをテクストにそくして読まなければともおもう。

「緑」の氾濫に語らせているということは、少なくともこの詩のなかでは、「私」を捨てたのがどんな名前を持った誰であるのか、男性であるのか(女性であるのか)、ヒトであるのかも、問われない、問いたいという志向が脱臼させられるということだ。

「私」を追い詰めたものは、氾濫し、押し寄せ、液状化して崩れかかる「緑」であり、人称は「彼ら」である。「私」は溺れそうになり、息が詰まり、前のめりになり、目眩《めまい》する。「緑」は男性とも女性とも呼びがたく、「緑」は過剰に凝縮されているために、男性性/女性性の境界線を引くことはできない。液状化した「緑」は性差の境界を書き込むにふさわしい身体表面を持たないのである。「彼ら」と呼ばれる「緑」は、動物でさえない多様体であるかもしれない。「緑」に追われてやぶれさる「私」は、「緑」にとっての他者であろうが、その他者性をジェンダー化することはできない。「緑」をエージェンシーとする捨てる主体を「人」と呼ぶのは、すでに人ではなく男でもなく女でもない「私」だからである。「私」にとっての他者については、やはり男でも女でもなく「人」としか呼びようがないからでもある。

「私は人に捨てられた」。捨てられた「私」は「緑」に翻弄される存在へと変容してしまった。すでに「人」ではない「私」は、「人」「人」の関係から追放されてしまった。社会からといってもいいし、家族からといってもいい。まったく安住の地ではない「緑」の空間へと「私」は疎外されてしまった。動物化した「緑」の植物と、「緑」化した動物とが、からみあい渦巻いて、「人」ならざる「私」を呑みこみ、氾濫している。息が詰まり、前のめりになり、くずおれそうになりながら、「私」は「私」をかろうじて支えている。その「私」の強度は、すでに「人」のものではない。捨てた「人」と捨てられた「私」とのあいだは、非対称な関係であり、そこに深い亀裂、深淵が口をあけている。強度としての「私」という、あらたな作中主体が発見された瞬間である。富岡多恵子にならうなら、「人を捨て」「人に捨てられ」、人など何ほどのものかと、「緑」の形象を喚び起こした時、左川ちかは体験を踏み越えて、失恋者から詩人へと立ちあがった。

それにしても「緑」「植物」はおそろしい。容易に動物化する。

私は終ることのない朝の植物等の生命がどんなに多彩な生活を繰返してゐるかを知ることが出来て目がくらみさうだ。全く人間の跫音《あしおと》も、バタやチーズの匂もしないけれど、息づまるやうな繁殖と戦ひと謳歌が行はれてゐるのを見てゐるうちに、負けてしまひさうになる。（「前奏曲」部分）

「植物」、「緑」は、複数形になりうる、群になりうる。外界の植物の動物化は、自然の身体化の一形態であるが、「私」の身体とは対立し、葛藤してやまない。植物は、比喩的な人間化をまたぎ越して動物化しているのだ。「繁殖と戦ひと謳歌」に言及する「私」は、いわば進化論のいう生存競争、闘争と淘汰を、植物の生命活動のうちにみてとっている。「嚇《おど》かしでもするやうな足並を揃へ、わけのわからない重苦しいうめき声をたてる」(「前奏曲」)植物は、労働者の群れのようでもあり兵士の群れのようでもある。「私」は、優勝劣敗の社会的進化論の枠組みからこぼれ落ちている。「私」は植物との生存競争に「負けてしまひさう」な、圧迫を感じている。

ここには、種の攪乱が生じている。植物の動物化は攪乱の一形態である。植物の液状化の相が、植物の進化であるか退行であるか、それすら見定めがたい。ヒトを高等動物として進化の頂点に置く進化論の人間中心主義は、ヒトを頂点とする種別の階層秩序は、混乱のなかで無効にされている。植物という種と「私」(ヒト)という種とのあいだに進化論が設定したヒエラルキーも攪乱させられている。

目が覚めると木の葉が非常な勢でふえてゐた。こぼれるばかりに。窓から新聞紙が投げ込まれた。青色に印刷されてゐるので私は驚いた。私は読むことが出来ない。触れるとざらざらしてゐた。私はこの季節になると眼が悪くなる。すつかり充血して、瞼《まぶた》がはれあがる。少女の頃の汽車通学。崖と崖の草叢《くさむら》や森林地帯が車内に入つて来る。両側の硝子に燃えうつる明緑の焔で私たちの眼球と手が真青に染まる。乗客の顔が一せいに崩れる。濃い部分と薄い部分に分れて、べつとりと窓辺に残された。草で出来てゐる壁に凭《よ》りかかつて私たちは教科書をひざの上で開いたまま何もしなかつた。私は窓から唾をした。丁度その時のやうに私はいま、立つたり坐つたりしてゐる。眼科医が一枚の皮膚の上からただれた眼を覗いた。メスと鋏。コカイン注射。私はそれらが遠くから私を刺戟する快さを感ずる。医師は私のうすい網膜から青い部分だけを取り去つてくれるにちがひない。さうすれば私はもつと生々として挨拶することも真直に道を歩くことも出来るのだ。（「暗い夏」部分）

未解決の惨劇、物語の断片がいくつも詰まっている、左川ちかの長い散文詩である。「緑」そして「青」は、モダンで、そして伝染し人と空間を塗り替える病的な色彩だ。眼が弱かったという詩人の実生活の病歴に還元する読みもあるが、体験を超越した詩でもある。青色に印刷された新聞を「私」は読むことができない。季節の病で、眼球が青に染まって、青を識別することができない。いや、すべてが青に染まってみえて、たとえ白地に黒いインクで印刷された新聞であっても、読むことはできない。

少女の頃の汽車通学の回想。病の回想であるにもかかわらず、なぜか魅惑的である。車内と車外とは区別がつかない。内と外の安全な分節化ができなくなっている。「緑」はここでも「焰」である。左川ちかが翻訳したヴァージニア・ウルフ「憑かれた家」の、「総ての葉が硝子の中で緑色であつた」「光は、いつも硝子のかげで燃えてゐた。死は硝子であつた」という訳文に通じる詩想である。言葉が生命力の強度を増して、編み変えられている。

「緑」に熱があり、ゆらめきがある。乗客の眼球と手を真っ青に染めて、顔、表情、ペルソナを崩してしまう。表情は濃い部分と薄い部分に染め分けられて、つまり、内面をあらわしだす顔の表情などというものは解体させられてしまって、窓辺にべっとりと残されてしまう。窓は人と緑を分かつ境界ではなく、人と緑が接続するコンタクトゾーンになっている。人間による象徴的な分節化は無効になり、

「緑」による染め分け、分節化が行われているのだが、その意味を誰も読むことができない。「緑」による分節化は、人々を差異化しない。人と車窓も差異化しない。列車の壁と草の壁も差異化しない。人は、「私たち」は、「緑」に侵襲されて、なにもできなくなる。窓から唾を吐くのは、車内と車外、窓の内外、「私」の身体の内外を、かろうじて分ける身振りだろうか。汚れている。だが、それ以外に内と外をへだてる手立てはない。

メスと鋏、コカイン注射、眼球そのものへの注目は、ふたたび、サルヴァドール・ダリとルイス・ブニュエルによるシュルレアリスム映画『アンダルシアの犬』を連想させる。もっとも、『アンダルシアの犬』では、カミソリで女性の眼球が引き裂かれ、そこからイメージの氾濫が生じたのだった。

詩篇「暗い夏」で、惨劇は、治療、手術の体裁をとっている。「遠くから私を刺戟する快さ」とさえ語られる。マゾヒスティックな快楽。病とのつきあい方。薄い網膜から青い部分だけを取り去るという処置である。「青」が医学的に囲い込まれ、切除される。「さうすれば私はもつと生々として挨拶することも真直に道を歩くことも出来るのだ」と。

事後的に読者は知る。「青」に染める宿痾《しゅくあ》、「緑」がもたらす病理は、「私」から生気を奪い、「私」から社交的な身振りを奪い、真直に道を歩くという運動さえできないようにしていたのだということ。「緑」のなかに身を置くということは、社会的な無能力や葛藤をもたらしたということ。

網膜から青い部分だけを取り去ることは、小さな死と再生にあたるだろうか。

第七節　再論——緑と青

「緑」そして「青」が、どこからやってきて、誰にどのように伝染するのか、ふたたびたしかめてみたい。

馬は山をかけ下りて発狂した。その日から彼女は青い食物をたべる。夏は女達の目や袖を青く染めると街の広場で楽しく廻転する。（「青い馬」部分）

狂気、食物、光が、「馬」と女たちをつぎつぎに「青」に染めあげるのだった。


自転車がまはる。

爽かな野道を。

護謨輪《ごむわ》の内側のみが地球を疲らせる。

まもなく彼はバグダアドに到着する。

其処は非常ににぎはつてゐる。

赤衛軍の兵士ら、縮毛の芸術家、皮膚の青いリヤザン女、キヤバレの螺施階段。ピアノはブリキのやうな音をだす。（「The mad house」部分）

ここでリャザンが出てくるのは唐突かもしれない。それでも、その音の響きは美しい。皮膚の青い女のまわりには、国境を越えて集まった革命家、芸術家、亡命者が集まっている。リャザンはセルゲイ・エセーニン（一八九五―一九二五）の出身地だが、エセーニンは故郷を捨てた詩人だった。エセーニンには、男女問わず多くの恋人がいて、知られているだけで三人あるいは四人の子どもをもうけた。舞踊家イサドラ・ダンカンとの短い結婚は有名である。だがその誰にもエセーニンの飲酒と憂鬱と自死の衝動をとめることはできなかった。エセーニンは革命にもイマジニストにも絶望していた。国民的詩人として、国葬で送られたにもかかわらず、スターリンによって禁書とされた。一九三〇年に尾瀬敬止《おせけいじ》訳で『エセーニン詩集』（素人社書屋）が上梓されている。その序文「訳者から」には「ロシヤは『うす青くして、楽しい国』」であるというエセーニンの言葉が引用され、こんな詩が収録されている。[23]

今日は、妹よ！
ご機嫌よう、ご機嫌よう、
私は百姓であるのか、それとも百姓ではないのか？
リャザンで、故里のさくらの木蔭で、
さて、今頃、お祖父《ぢい》さんは何をして御座る？　（エセーニン「妹への手紙」）

左川ちかはエセーニンを読んだだろうか？
それからもうひとつ。

左川ちかの詩篇に頻出する、青に、緑に、染まっていく身体と性には、どんな意味があるだろうか。

並木の下で少女は緑色の手を挙げて誰かを呼んでゐる。植物のやうな皮膚を驚いて見てゐると、やがて絹の手袋をぬいだ。（「指間の花」部分）

並木の下で少女は緑色の手を挙げてゐる。
植物のやうな皮膚におどろいて、見るとやがて絹の手袋を脱ぐ。（「1.2.3.4.5」）

少年の肌は空のようだと書かれた（「循環路」）。が、少女の皮膚は植物のようだと書かれる。いや「皮膚」とみたのは錯覚であり、それは絹の手袋だった。少女の皮膚は、絹のようでもあるのだ。

樹木は青い血液をもつてゐるといふことを私は一度で信じてしまつた。彼らは予言者のやうな身振りで話すので。樹液は私たちの体のわづかばかりの皮膚や筋肉を染めるために手は腫れあがり、心臓は冷たく破れさうだ。（「前奏曲」部分）

樹液は「青い血液」である。樹木＝彼らは、「予言者のやうな身振り」をして、予言者のような力をもち、予言者のような時間性を生きている。予言者のような樹木にとりこまれて、「私たち」は青く染まり、腫れあがり、心臓は冷え、破れそうになる。
「私」は樹木の予言を受け入れるのだろう。予言を受け入れることは予言を模倣して生きることである。模倣の欲望、模倣の身振りが、模倣するものを模倣されるものに似せていく。模倣する「私」が、模倣のモデルと間主体的な調和関係にあるところの「私」をおもいえがくとしたら、それは主体の幻想に過ぎない。「私」の模倣、反復、剽窃は、植物の圧倒的な力に支配されている。しかも「私」の模倣は、生殖行動にも捕食行動にも結びつかない。「私」が植物へと生成変化することによって、植物と「私」の生命力の非対称性が解消されるかどうか、保証の限りではない。

女達は空模様や花の色などで自分等の一日を組立てることばかりを考へるやうになつた。〔略〕例へば着物や口紅の色が、家具の配置までが、その時の窓外の景色と何か連絡があり約束があるのだと考へる。常にそれらの濃淡の階調に支配され調和してゆかなければならないと思ふ。彼女たちは或る時は花よりも美しく咲かうとする。だから花卉《かき》の色や樹の生えてゐる様子を見てゐると女の皮膚や動作がひとりでに変つてゐる。(「前奏曲」部分)

「我々」「私」「私たち」の人称で語られていた世界に新たな境界が引きなおされる。「女達」「彼女たち」「女」のありよう、「常にそれらの濃淡の階調に支配され調和してゆかなければならない」「或る時は花よりも美しく咲かうとする」様子から、「私」は剝がれ落ちて、身を隠した観察者となる。「私」は女たちから離れて、植生のなかへと、追いやられて変性する。
「私」の樹木への生成変化は、「私」の消滅を予感させた。詩篇「前奏曲」ではこれを「自然の転移」と言い換えている。自然のなかでの死と再生が夢見られているわけではない。あくまでこの消滅の表象は、詩人・左川ちかを襲った病と死には還元できないはずだ。

第四章

左川ちかを読む 3

――ジェンダーと動物の「自然」から遠ざかる

第一節　おぞましさを忘れて

殻のある昆虫、殻のない昆虫、緑に液状化する植物の形象は、文字通り蠱惑《こわく》的であるため、読者はそれが伝統的な詩的美観からどれほど隔てられているかを忘れそうになる。

一九一〇年代後半に萩原朔太郎が、病んだ身体、動物化する世界を現前させて、「近代的国民国家が志向するところの規範から大きく外れた身体」「輪郭をもたずに、なまなましさをそのままに胚胎させた、きわめて生理的な身体[1]」を立ち上げた。が、モダニズム詩人は、モダニティのもたらす疎外やストレスに苦しめられ異和を覚えていたにもかかわらず、萩原朔太郎がもたらした身体性の表現を継承した者は多くはない。萩原朔太郎は左川ちかを追悼して「最近詩壇に於ける女流詩人の一人者で、明星的地位にあつた人であつた。この人が死んだことは、何物にもかへがたく惜しい気がする[2]」との言葉を寄せている。それは社交辞令ではなかろう。

左川ちかの動物、昆虫、植物は同時代のモダニズムにおけるエロ・グロというモードをつきぬけてしまっている。エロ・グロの欲望とは、規範的異性愛を参照しつつそこからの逸脱を図るものだが、左川ちかの詩篇の動物、昆虫、植物は、規範的異性愛を参照することが困難である。ジュディス・バトラーが「適切にジェンダー化されていない」「おぞましいもの[3]」と呼んだところのものを、詩テクストに呼び込むのが昆虫の表象であり、植物の表象だといえる。詩中の主体である「私」はおぞましきものと接触し交錯し、それに圧倒され、おぞましきものを棄却するどころかおぞましきものへの生成変化を欲望し、追放される。そのように「私」は捨てられた「私」となる。

第二節　モダニズム詩人の春夏秋冬　そして雪の世界

左川ちかの詩には、一般的なモダニズム詩が捨象している自然の領域、動植物への関心、生命への固執がみられるとよく指摘される。ただし、その自然がいわばカッコ付きの自然である。歳時記を逸脱していること、生殖を異性愛制度と同一視していないこと、人間中心もしくは人間をヒエラルキーの頂点に置く生態系イメージを攪乱していること、人間の変性、植物の動物化などの変容を示していることなどが、左川ちかの詩篇においては「自然」として立ち上がってくるものの内実である。

ほこりでよごされた垣根が続き
葉等は赤から黄に変る。
思出は記憶の道の上に堆積してゐる。白リンネルを拡げてゐるやうに。
季節は四個の鍵をもち、階段から滑りおちる。再び入口は閉ぢられる。
青樹の中はがらんどうだ。叩けば音がする。
夜がぬけ出してゐる時に。（「循環路」部分）

「循環路」と題された詩ではあるものの、詩篇のなかの季節の推移は、直線的な時間でもなく、閉じて循環する死と再生の時間でもない。むしろ空間化されて、がらんどうだ。

――重いリズムの下積になつてゐた季節のために神の手はあげられるだらう。起伏する波の這ひ出して来る沿線は塩の花が咲いてゐる。すべてのものの生命の律動を渇望する古風な鍵盤はそのほこりだらけな指で太陽の熱した時間を待つてゐる。（「会話」部分）

北国の春は遅い。そして短く、生命の発露は凝縮されている。短い期間に数知れぬ花が開花し、生殖の季節を迎える。左川ちかの詩で、春は五月である。

亜麻の花は霞のとける匂がする。
紫の煙はおこつた羽毛だ。
それは緑の泉を充たす。
まもなくここへ来るだらう。
五月の女王のあなたは。（「春」）

一枚のアカシヤの葉の透視
五月　其処で衣服を捨てる天使ら　緑に汚された脚　私を追ひかける微笑　思ひ出は白鳥の喉となり彼女の前で輝く

いま　真実はどこへ行つた
夜露でかたまつた鳥らの音楽　空の壁に印刷した樹らの絵　緑の風が静かに払ひおとす
歓楽は死のあちら　地球のあちらから呼んでゐる　例へば重くなつた太陽が青い空の方へ落ちてゆくのを見る　（「緑色の透視」部分）

窓の外で空気は大声で笑つた
その多彩な舌のかげで
葉が群になつて吹いてゐる
私は考へることが出来ない
其処にはたれかゐるのだらうか
暗闇に手をのばすと
ただ　風の長い髪の毛があつた　（「五月のリボン」）

春が薔薇をまきちらしながら
我々の夢のまんなかへおりてくる。
夜が熊のまつくろい毛並を
もやして
残酷なまでにながい舌をだし

そして焔は地上をはひまはり。（「目覚めるために」部分）

北国の春は短いながらも濃密である。梅雨を知らずに、夏が訪れる。
詩篇「暗い夏」は六月である。

六月の空は動いてゐない。憂鬱なまでに生ひ茂つてゐる植物の影に蔽はれて。これらの生物の呼吸が煙のやうに谷間から這ひあがり丘の方へ流れる。茂みを押分けて進むとまた別な新しい地肌があるやうに思はれる。毎日朝から洪水のやうに緑がおしよせて来てバルコンにあふれる。海のあをさと草の匂をはこんで息づまるやうだ。風が葉裏を返して走るたびに波のやうにざわめく。果樹園は林檎の花ざかり。鮮かに空を限つて咲いてゐる。（「暗い夏」部分）

自身の詩篇「緑」（139頁参照）の再編のような、自己引用のような、「毎日朝から洪水のやうに緑がおしよせて来てバルコンにあふれる。」という一行がある。
夏には夏の死がある。

正午、二頭の太陽は闘技場をかけのぼる。
まもなく赤くさびた夏の感情は私らの恋も断つだらう。（「断片」部分）

木原孝一は「夏になると奇妙に左川ちかと津村信夫を思い出す。それぞれに記憶している夏の詩もあるが、その全体的な感覚が夏の季節にふさわしいのだろう」[4]と書いている。苛烈な生と死の振幅がもっとも大きく現れるのが、左川の夏の詩だった。

左川ちかは、あらゆる季節に、病を見出している。秋もたんなる実りの季節ではなかった。

病んで黄熟した秋は窓硝子をよろめくアラビヤ文字。
すべての時は此処を行つたり来たりして、
彼らの虚栄心と音響をはこぶ。
雲が雄鶏の思想や雁来紅《がんらいこう》を燃やしてゐる。
鍵盤のうへを指は空気を弾く。
音楽は慟哭へとひびいてさまよふ。
またいろ褪《あ》せて一日が残され、
死の一群が停滞してゐる。（「季節のモノクル」）

左川ちかの詩では、春の季節だから人生の春や、盛りをいうのではないし、夏の日盛りに生命の頂点を極めるというのでもない。だが、秋の季節には、明確に「人生の午後」を重ね合わせて、落葉に感情移入する。秋の時間は、喪失感のなかで、たゆたっている。

終日
ふみにじられる落葉のうめくのをきく

人生の午後がさうである如く
すでに消え去つた時刻を告げる
かねの音が
ひときれひときれと
樹木の身をけづりとるときのやうに
そしてそこにはもはや時は無いのだから　（「鐘のなる日」）

私はちよつとの間空の奥で庭園の枯れるのを見た。

葉からはなれる樹木、思ひ出がすてられる如く。あの茂みはすでにない。

日は長く、朽ちてゆく生命たちが真紅に凹地《くぼち》を埋める。

それから秋が足元でたちあがる。（「眠つてゐる」部分）

冬、雪の季節は、左川ちかの詩の四季のなかでももっとも精彩を放つ季節だった。原風景と呼んでもいいのかもしれない。


死は柊の葉の間にゐる。屋根裏を静かに這つてゐる。私の指をかじつてゐる。気づかはしさうに。

そして夜十二時――硝子屋の店先きではまつ白い脊部をむけて倒れる。

古びた恋と時間は埋められ、地上は貪つてゐる。（「雪が降つてゐる」部分）

ものうげに跫音《あしおと》もたてず
いけがきの忍冬《すいかずら》にすがりつき
道ばたにうづくまつてしまふ
おいぼれの冬よ
おまへの頭髪はかわいて
その上をあるいた人も
それらの人の思ひ出も死んでしまつた。（「毎年土をかぶらせてね」）

埋葬を想わせる「土をかぶらせてね」の表題である。「おいぼれの冬」のありように死後の時間が読み取れる。だが「毎年」という反復の懇願はなぜだろう。「毎年」繰り返さなければ、「思ひ出」の消失を免れることができないからだろうか。「思ひ出」が死ぬ時、人は死ぬ。死を忘れるなかれ、という懇願だろうか。反面、人は耕し種子を蒔くためにも、「毎年土をかぶらせ」る。死の死、死の忘却、死の反復、死の完成、そして死と再生。

おいぼれて死にゆく「冬」を、「おまへ」という二人称で呼ぶ。ならば看取る者は「私」にあたるのか。その「私」については書かれていない。詩語として登場しない。空白である。

むしろ次のように読める。それが今すぐではなくとも、毎年「私」は死んでゆく。死んでゆくのは「私」なのである。死ぬのはいつも他人、という実存的な命題が真であるのとうらはらに、「私」は死んでゆく。そのことが確実であるからこそ「毎年土をかぶらせてね」という懇願が意味をなす。

誰に何のために懇願しているのだろうか。おいぼれた「冬」の季節にだろうか。「冬」の季節がしりぞき、新しい土が顔をのぞかせる時こそ、土をかぶらせるべき季節ではないだろうか。

昨日の風を捨て約束にあふれた手を強く打ち振る枝は熱情と希望を無力な姿に変へる。その屍の絶えまない襲撃をうけて、歩調をうばはれる人のために残された思念の堆積。この乾き切つた砂洲を渡る旅人の胸の栄光はもはや失はれ、見知らぬ雪の破片が夜にとけこむ。何がいつまでも終局へと私を引摺つてゆくのか。（「雪線」部分）

捨てられた約束、ふりほどかれた手からのがれさるもののように、熱情と希望の屍のように、思念の屍のように、雪は降り積もる。雪のために人の歩みは奪われ、遅延し、小刻みなものになる。それは、人の心身が想い描いた歩調が奪われたということでもある。想い描いた歩調と、雪の中で実際に許された歩調とに差異が残される。そこに思念が堆積する。思念は外化されたといったほうがよい。雪が思念のメタファーなのではなく、思念が雪の痕跡、差延であり、喩えなのである。

万年雪の境界にあたる雪線のこちら側では「乾き切つた砂洲」のように砂地が顔をのぞかせているのだろうか。それとも雪線のこちら側に、積もっては溶ける雪が舞っているのだろうか。砂洲を渡る旅人は、雪線に沿って歩いているのか、あるいは雪線の境界を横断する者であるのか。旅人の胸は栄光にみたされてはいない、空虚である。空虚な胸に、「見知らぬ雪の破片が夜にとけこむ」ように、雪が吹きこむ。

「歩調をうばはれる人」「砂洲を渡る旅人」そして「私」が、詩行ごとに出現する。その差異は、フォーカスの深度の変化とも読める。「昨日」に始まり、「終局」を臨む、時間の深まりと堆積でもあろう。「歩調をうばはれる人」「砂洲を渡る旅人」そして「私」は、雪吹き荒《すさ》ぶ外部へと追放されている。「私」は疎外されながらも、「思念」を手放すことができない。考える人であることをやめることはできない。「終局」についいて考えることをやめることはできない。「何がいつまでも」と問うからには、「終局」と「私」のあいだにはまだへだたりが、生の時間の分だけのへだたりがあるはずだ。「引摺つて」ゆく力への抵抗も、歩調を奪われ虚しくとも雪線を渡ろうとする身振りも、失われてはいない。

詩人の表す春夏秋冬の季節感は、歳時記を逸脱するところがある。

毎日蝶がとんでゐる。
窓硝子の花模様をかきむしつては
あなたの胸の上にひろがる
パラソルへあつまつてゆく。
すぎ去る時に白くうつつて
追ひかけても　追ひかけても
遠い道である。（「雪の日」）

歳時記を参照するなら、季違いと呼ばれてもしかたがない。むしろ季ずれの、そのずれをバネにして、次の行を生み出していくような詩篇である。牡丹雪《ぼたんゆき》のように大きくふわふわした雪片が「蝶」であり、凍りついた窓硝子が「花模様」なのだろう。だがそういうわかりきった置き換えを、詩は拒んでいる。「あなたの胸の上にひろがる／パラソルへあつまってゆく。」とは、夏の季語をわざと入れたというたくらみばかりではない。遠心的に拡散していく運動と、求心的・集約的な運動とが、眼にみえる形になる。運動の喩えは、意味づけをすり抜けていく。季節感や、季節にふさわしいとされる情緒、伝統的な美意識といったものを拒んでいる。表象の相関物を追い求めても虚しい。記号化である、モダニズムであるのだから、といいたいところだが、「私」を消去するかにみえて「あなた」という人称のこちら側に、一人称が朧《おぼろ》に浮かびあがる。

詩篇「雪の日」は、雪の日の風景や空間、情緒を切断する。季節はあえてちぐはぐに狂わされる。それでいて時間軸は揺らぐことなく「すぎ去る」「遠い道」である。それは現世の者には「追ひかけても　追ひかけても」たどり着くことができない。

その時間軸に照らすなら、現世の季節のうつろいは仮象のものに他ならないかもしれない。仮象にすぎないのだから、雪片が「蝶」であろうと、窓の凍結が「花模様」であろうと、理屈に合わなくともかまわないのかもしれない。

時間が「白」「道」と空間化される。生が死へと少し近づく。あくまで詩語のなかでの変容である。「うつつて」は、写って、映って、移ってと、複数の表記の可能性を考えさせる。追いかける対象は雪でもあり蝶でもあるだろう。詩人のひきだしのなかにあった思想であるかつまびらかではないが、荘子の「胡蝶の夢」を想わせる。

昔者《むかし》、荘周、夢に胡蝶と為る。栩栩然《くくぜん》として胡蝶なり。自ら喩《たのし》(愉)みて志《こころ》に適《かな》うか、周なることを知らざるなり。俄然として覚むれば、則ち蘧蘧然《きょきょぜん》として周なり。知らず、周の夢に胡蝶と為るか、胡蝶の夢に周と為るか。周と胡蝶とは、則ち必ず分あらん。此れをこれ物化と謂う。(5)

第三節　供犠の欲望にあらがえるか

これまでにみてきたように、左川ちかの詩に登場する動物たちは、なにかしら踏み外している。愛玩の対象、食用、共生、家畜、家畜の監督者、いずれの枠からもはみ出している。

北国の農園では仔牛が柵を破壊してやつて来るので麦は早く刈りとつて乾燥しなければならないだらうし　（「前奏曲」部分）

食べるもの食べられるもの、成長するもの刈りとられるもの、ひしめきあっている。食べるものが与えられたものを従順に食べるものであることは珍しく、食べられるものがおとなしく食べられるままにしていることも滅多にない。暴力的な逸脱に、いつも驚かされ脅かされる。

動物を多面的多元的に描きながらも、犠牲（生贄）の表象がほとんど現れないことは、左川ちかの詩の世界の特徴である。供儀は、神と人とのあいだに共同して行われる生贄の喫食の儀式である。神と人間との関係を結ぶとともに、共同体の成員間の紐帯《ちゅうたい》を強化することによって、共同体の利益と繁栄を目的とする儀礼でもある。犠牲を媒介として聖なる世界と俗なる世界とは交通し、俗なる世界は聖なる生命力を獲得し、賦活《ふかつ》される。動物を供犠の対象としないことは、人間と動物との関係性についての、人間と超越的なものとの関係性についての、認識のありようを示している。それだけに、詩篇「烽火《ほうか》」には違和感が拭えない。

太陽の娘は
蒼穹からくる光の中に
黄金の腱をうちならし
新しい燔祭《はんさい》に拍手する
ハアプシコードの KEY の上を
朝は弾く
汚れた象牙の指はかきあつめられ
生命を燃やしつつ
やがて躍動する時は来た　（「烽火」）

左川ちからしくない「光」「生命」「躍動」の詩語は、「汚れた象牙の指」という点景はあるものの、総じてくもりなく、かえって読者をいごこちわるくする。『左川ちか全集』編者の島田龍は、「燔祭」について、古代ユダヤ教の供犠、ホロコースト(Holocaust)、ユダヤ人大虐殺を指すようになったと、註解している。ナチス・ドイツが全権を掌握した一九三三年から、ホロコーストの時代は始まっていた。この詩が発表されたのは一九三五年のことだが、今読むと、既視感のようにその翌年にナチス・ドイツの主催したベルリン・オリンピックとレニ・リーフェンシュタールによる映画『オリンピア』(独、一九三八年公開)が二重写しになる。映画の冒頭近くのシークエンス、ナチズムが礼讃した健康的なアーリア民族の娘たちが空に向かって手を差し伸べる群舞の映像である。この予感はどこからくるのか。

発表媒体の性質にもよるのかもしれない。「烽火」が掲載されたのは雑誌『輝ク』一九三五年一月だった。『輝ク』は『女人芸術』の後身誌として、一九三三年四月に創刊された。出資者は長谷川時雨《しぐれ》(一八七九―一九四一)である。『女人芸術』の左傾に長谷川時雨の夫・三上於菟吉《おときち》(一八九一―一九四四)がパトロンから降りたこと、左翼弾圧とそれへの対処に疲弊したことなどが、当初、女性のための文芸誌として出発した『女人芸術』を廃刊に追い込んだとされている。『女人芸術』はアナキスト／ボルシェビキの論争の場となったり、尾崎翠「アップルパイの午後」「映画漫想」などのモダニズム文学、林芙美子「放浪記」の初出誌としても知られた。

『輝ク』は創刊の「三三年にちなんで「燦燦と輝く」太陽のイメージを命名に込めた」「左肩に「輝ク」、その右横に「黎明は近づく――われらのゆく手！　さんさんたる光の中に立つわれら！」の文言が二行並ぶ。「輝ク」というタイトル、「黎明は近づく」「さんさんたる光の中に立つわれら」をもって、戦争協力のレッテルを貼る研究者があとを絶たないが、この時期、時雨には戦争協力の発想さえなかった」というのが、尾形明子の解説である[6]。しかしながら長谷川時雨の発想はどうあれ、満洲事変後の国際的孤立と東アジア情勢、ヨーロッパを席巻するファシズムの状況にあって、「黎明は近づく」「さんさんたる光の中に立つわれら」というくもりのない言説がかえって不穏に響くと現代の読者が読むのはやむをえまい。

そして、左川ちか「烽火」は、この『輝ク』という雑誌媒体の志向に共振するかのように、もしくはオマージュを捧げるかのように、「烽火」「黄金」「生命」の詩語を並べている。夭折の運命は、一九三七年以降の日中戦争の全面化や、一九四一年一二月以降の太平洋戦争に詩人を直面させることなくして終わった。「新しい燔祭」とはなにか、抽象的・観念的に過ぎて、具体的なイメージが喚起されるわけではない。しかしながら「太陽の娘は〔略〕新しい燔祭に拍手する」「汚れた象牙の指はかきあつめられ／生命を燃やしつつ／やがて躍動する時は来た」という詩行は、「燔祭」による「汚れ」の浄化をいい、「燔祭」という「生命」の燃焼をいい、切断や逸脱の少ない、同語反復的な構造を持っている。これをファシズムの美学の追求の過程にある詩篇とうけとってよいのだろうか。

ところが、これに対して、「太陽の唄」として発表され「太陽の娘」と改題された詩篇がある。これまでにみてきたように、左川ちかの詩篇は、作品としての単位を越えて、相互を補完するように読むことのできるテクスト群である。自身のテクストとインターテクスチュアリティの関係に置かれているような、自己差異化しつつ自己関係化するテクスト群である。「緑」「昆虫」「馬」などのイメージ群はそのように読んで理解を深めることができる。が、「太陽の唄」の場合は、補完的というのとは少し異なる。先行する「烽火」の世界を解体し、読みの可能性を複数化するのである。

白い肉体が
熱風に渦巻きながら
刈りとられた闇に跽《ひざまず》く
日光と快楽に倦《う》んだ獣どもが
夜の代用物に向つて吠えたてる

そこにはダンテの地獄はないのだから
併《しか》し古い楽器はなりやんだ
雪はギヤマンの鏡の中で
カーヴする
その翅を光のやうにひろげる
そしてヴエルは
破れた空中の音楽をかくす
声のない季節がいづこの岸で
青春と光栄に輝くのだらう　（「太陽の唄」）

先に、ミナ・ロイ「寡婦のジャズ」とのインターテクスチュアリティを指摘した詩篇である。フォーヴィズム的な意匠を読みとることもできた。むしろその意味ではファシズムの美学が頽廃芸術として嫌った表象が、読みとれる。

詩篇「烽火」が、「闇」「夜」「地獄」のない世界であったのに対し、「太陽の唄」には、くもりなき世界の陰の領分や、光と対比されるイメージが織り込まれている。それも実体としてだけではなく、「刈りとられた闇」「夜の代用物」「ダンテの地獄はない」「ギヤマンの鏡の中」という一連の詩句で、虚像化され、鏡像化され、複製され、見せ消ちにして織りこまれ、そのことが世界を一律に明るいだけのものではない、イメージの散乱する、遠心力に突き動かされるものにしている。イメージはカーブし、広がり、破れ、隠される。詩篇「烽火」の直線的な燃焼とは、運動の形態が異なっている。

ここで見せ消ちにされた「そこにはダンテの地獄はないのだから」の一行を、どう読めばいいのだろう。ダンテ『神曲』の「地獄篇」を、詩人はどの程度読み込んでいたのだろうか。左川ちかの「睡眠期」他九篇の詩と、伊藤整「イカルス失墜」が掲載された『文學』第四冊（一九三二年一二月）には、北村常夫がT・S・エリオット「ダンテ」を訳載している。T・S・エリオットの『荒地』（一九二二年）は第一次世界大戦後の都市文明の荒廃の後景にダンテ『神曲』の「地獄篇」を引用しているとも解釈されている。

伊藤整は「ダンテも同様ジョイスを理解する必要から読んだのだが、〔略〕私はダンテそれ自体はこれも好評とは言へぬ生田長江《いくたちょうこう》の邦訳で読んでゐる」[7]と述懐した。生田長江の『神曲』は英訳からの重訳で、一九二九年、新潮社の世界文学全集の第一巻として刊行された。左川ちかの死後に伊藤整が発表した「幽鬼の街」（『文芸』一九三七年八月）は、ジョイス『ユリシーズ』のブルームへの言及や、故郷の小樽の街を「幽鬼の街」になぞらえて再訪・再発見する方法が注目されてきた。そのジョイスを理解する必要から、ダンテを読んだと、伊藤整は述べたのである。「幽鬼の街」結句の「こゝを過ぎて生きなければならない」という語りについて、森鷗外が『即興詩人』の中で訳した「こゝすぎて　うれへの市に」という『神曲』「地獄篇」第三歌の詩行が響いているとも指摘されてきた。日高昭二は「幽鬼の街」の地主・中産・下層の三階層の階層構造について「言わば《見立て地獄篇》の趣向」[8]と指摘している。

生田長江訳『神曲』では、「地獄篇」第二六歌に登場するキルケー（オデュセウスを惹きつけて一年余りも帰還を遅らせた）について「「チルチェ」――太陽の娘にして人間をば獣に変ぜしむる魔力を有せし妖女」という注をつけている。[9] 太陽神ヘリオスの血を引くとされるキルケーの神話に由来する注記である。左川ちかもまた、伊藤整と同様に生田長江訳でダンテ『神曲』を読んだのだろうか。キルケーは『神曲』「煉獄篇」でも言及される。

他にも、たとえば「体重は私を離れ」（左川ちか「緑の焔」）というイメージは、『神曲』によれば、魂と肉体とが離れてしまった地獄と煉獄の亡者たちのありようでもあった。肉体を失った死者は体重を持たない。あるいは、「私の後から目かくしをしてゐるのは誰か？」（同「緑の焔」）というシチュエーションは、『神曲』でダンテの目がメドゥーサに触れないように、ウェルギリウスが彼を後ろに向かせ、「彼自らの手をもて我が目を蔽へり」（「地獄篇」第九歌）という仕草を想い起こさせる。

ここで確認するが「太陽の唄」（初出『るねっさんす』二号、一九三五年三月）は、「太陽の娘」（『詩法』一二号、一九三五年八月）と改題改稿されているのだった。

「そこにはダンテの地獄はない」、それはたしかであろう。ダンテの「地獄篇」は、動物詩篇と呼べるほどにさまざまな動物が登場し、なかでも、半人半獣や、幻獣、怪獣、怪鳥が異教的な想像力やテクストの合間から喚び出されて、地獄めぐりの恐怖を彩る。三つの頭を持つ地獄の番犬ケルベロス、牛頭人神のミノタウロス、半人半獣のケンタウロスなどの、幻獣、怪獣は左川ちかの詩篇には現れない。「地獄篇」にあるのは「夜の代用物」ではなく、昼の代用物である。「ギヤマンの鏡」ではなく、鉛を張った鏡である。金光教の影響下にあった左川ちかの宗教体験に地獄イメージは強く響かなかったとも推測される。あるいは「地獄篇」とポジとネガが反転したようなパロディの手つきをみてとることもできる。

むしろ「空中の音楽」があり、舞踊とともに「ヴエル」が光のなかに広がるその光景は、『神曲』のなかでも「煉獄篇」から「天国篇」にいたるものに近い。「煉獄篇」「天国篇」で、反射する眩《まばゆ》い光の軌跡は、重要なモチーフである。そして「栄光」は、「天国篇」のキーワードのひとつである。

ここで音楽について言い添えるなら、左川ちかの詩篇はうたとしての音楽性を目指して終わるのではなく、むしろそれを活かして空間化し、造形化する。左川の詩篇はしばしば「KEY」を詩語としている。

村では音楽を必要としない　たとへ木は裸であらうとも、暗い地上を象牙の鍵《キイ》を打つてゐる彼らの輝かしい影の歩調を。（「果実の午後」部分）

「烽火」の音楽が「黄金の腱をうちならし／新しい燔祭に拍手する／ハアプシコードのKEYの上を／朝は弾く」という明瞭で輝かしいものであるのに対して、「太陽の唄」の音は、吠え立てる獣の声であり、古い楽器がなりやんだその空白であり、「破れた空中の音楽」であり「声のない季節」である。燔祭を歓迎する音楽は響かない。

「太陽の唄」も「青春と栄光」に言及はする。しかしながら供儀が、周縁のもの、少数者、人間ではないものを犠牲とすることによって、共同体の結束を内側から強化する儀式であるとするなら、詩篇「太陽の唄」は、「いづこの岸で／青春と光栄に輝くのだらう」と、答えを出さず、宙吊りにしている。詩篇「烽火」が「燔祭」の時をことほぐかのように結ばれたのに対し、「太陽の唄」は見せ消ちにされた「ダンテの地獄」に「獣ども」がときはなたれ、「どちらの岸」にたどりつくのかも不確定である。

不確定性は、供儀の誘惑を脱臼させうる。

第四節　カーテンあるいはクィアな欲望

リボンやヴェールは左川ちかが好んだ詩語であった。繊細で、あえかな、あらかじめジェンダー化された詩語、モダン・ガールに似つかわしい。それを詩行は大胆にくつがえしていくのだった。
ふたたび引用しよう。

窓の外で空気は大声で笑つた
その多彩な舌のかげで
葉が群になつて吹いてゐる
私は考へることが出来ない
其処にはたれかゐるのだらうか
暗闇に手をのばすと
ただ　風の長い髪の毛があつた　（「五月のリボン」）

笑う空気、「多彩な舌」、それは不穏であり、グロテスクなといってもよい。「風の長い髪の毛」は、エロティックな表象だという見方もあるが、これもまた笑う空気、「多彩な舌」に呼応する、不気味なものの回帰が記されている。

あるいは、手を伸ばすと触れる「風の長い髪の毛」への欲望は、手の届かない女性の身体性への、他者としての女性性への欲望、異性愛の枠組みを逸脱した欲望と読める。

藤本寿彦は、左川ちかの詩に「女性を美的愛玩物としてしか認識しない男性性」の批判を読み、「ジェンダーのはざまに生きているという存在性(10)」が男性性のパラダイムを暴く空間造型をもたらしたと解釈している。これに先立って新井豊美は、「身体性」「女性としての肉体の生々しいエロス(11)」を、左川ちかの詩篇に読み取っていた。

これに対して水田宗子は、「左川ちかの感性は、自然からも、社会からも、そして女の性とジェンダー文化からも孤立し、女の身体性の感覚も見えない。〔略〕ジェンダー化された女にも、その身体性にも違和感を感じて孤立していく、現代女性の異邦人としての自己意識を、鋭く、深く表象している(12)」とその現代性を論じている。鳥居万由実は「生命力、つまり自然界に横溢《おういつ》する生殖力への恐怖、また対幻《ついげん》想《そう》を描かない中性的な世界を見ると、彼女は女性性を強調した主体構築を避けていた可能性はある(13)」という仮説を立てている。

先行論に対して本書では、女性性に依拠した男性性批判や、女性性／男性性の葛藤という枠組みにおさまらない、詩表現における女性性／男性性の境界の攪乱に注目してきた。動物、昆虫、植物の表象と作中主体の交渉に、ジェンダーを再編する身体と性の表現の可能性を探ろうとした。

　カアテンを引くと濃い液体が水のやうにほとばしりでる。
あ、また男らは眩暈《めまい》する。　（「神秘」部分）

皺だらけのカアテンが窓のそばで
集められそして引き裂かれる。（「雲のかたち」部分）

「カアテン」への注視は、窓への注視と同じく、家の内と外の境界領域へのまなざしである。境界領域の、少しだけ内側に、寄り添っている。「カアテン」は窓ガラスより不透明でより柔らかく、暖かい。「カアテン」の境界性が、皮膚であり膜であり、女性性の身体の境界性の喩えであると読むこともできる。性的領域である。この場合、これらの詩篇に「濃密なセクシュアリティ」[14]の暗示が読める。内と外はまったく非対称である。

両側の家々の窓はもうはためかない。私が通るたびに合歓木《ねむのき》のやうに入口を閉ぢる。戸のすきまからいくつもの目が覗いて、終つたばかりの談話をまた続けて私の癖を笑ひ、噂をし、どんな悪口を云ひ合つてゐることか。ぼそぼそ呟いてゐる音のその内側から洩れるのが私を立ち止らせ、狙つてゐる。私は振返ることを許されない。（「夜の散歩」部分）

ボードレールや萩原朔太郎などの遊歩者（フラヌール）の、窓窓（家）からの疎外をこの詩の「私」も共有している。

それだけに振り返れば、「私」の窓の「カアテン」は、「私」の身体に隣接した親密な表象となるに違いない。住まいに内属する「私」にとって「カアテン」は衣装にも似たはたらきをしてくれる。「カアテン」をいきおいよく引くことは挑発的なしわざである。「カアテン」が「集められそして引き裂かれる。」ことは、衣服を引き裂かれることにも似た暴力である。「引き裂かれる」、その受動態の対象が誰であるかは隠されている。けれども暴力を受けている「私」が、語られざる詩行の向こうにいる。

「カアテン」を引くとほとばしりでる「濃い液体」は、即物的なセクシュアリティの表象かもしれない、いやおそらくそれで間違いはないのだが、それは、男性性とも女性性とも分節化されていないのである。その意味ではこのセクシュアリティは、「意味生成と主体形成のはじまりに現在存在している恣意的な性別命令[15]」に対する挑発であり、男性性／女性性の異性愛の交錯とは別の位相にあって、しかもひどくエロティックである。オートエロティシズム（自体愛）のような気配もする。

引き裂かれる「カアテン」には、被虐的なエロティシズムもただよう。

動植物との交錯もあわせて、脱異性愛の領域のエロティシズムにも、クィアな欲望にも溢れているのが左川ちかの詩の世界である。左川ちかの詩はそのようにして、身体性と性的領域を再構築している。

第五章

読みつがれる左川ちか

前章までは左川ちかの精読を試みた。詩は読まれることによってその生命を更新する。詩人たちはもっともよき読者でもある。本章では左川ちかを愛読し、その詩をよみがえらせた有力な詩人たちについて紹介したい。

第一節　左川ちかと詩人たち

左川ちかの詩は、黒田三郎や吉岡実など、やがて兵士として武器をとることを強要される若者たちの詩魂にささやきかけた。それだけではない。戦後GHQ占領下の検閲資料の集成であるプランゲ文庫のなかにも、左川ちかの詩は収められている。それが詩篇「言葉」である。(1)

最初は京都の同人誌、文学地帯社刊行の『近代詩』創刊号(一九四七年六月)で、昭森社版からの転載との断り書きがある。同人のあいだに、戦争を越えて、左川ちかの詩を愛誦していた者がいたのである。編集後記には、かつて「読み過した詩の一章」と現在がまったくあい通じていることに驚き、人は唸るのだ、「まつたくあのとほりだつた、と。」と述べられている。戦後占領期の文学空間に、そのように左川ちかの詩篇が、ますます説得力を増していると、編集者は考えたのだろう。

ついで、『近代詩』からの転載というかたちで、大阪鉄道局竜華《りゅうげ》検車区国鉄労働組合青年部発行の『車窓』二巻九号(一九四七年一〇月)に、やはり詩篇「言葉」が掲載された。こちらはガリ版刷りの冊子だった。占領期の労組の若者たちにも訴えるものがあり、文字通りそのひとりにペンをとらせたのである。一九四七年は、GHQのマッカーサーの指令で二・一ゼネストが中止された年だった。国鉄の労働組合の詩の運動を組織化しようとはたらいたのは近藤東《あずま》だった。阪本越郎の回想によれば、近藤東は仲間内では左川を「おちかさん」と呼んでいたという(2)。

占領下の読者を揺り動かす力は、詩篇「言葉」の後半からくるものでもあったろう。

落葉に似た零落と虚偽がまもなく道を塞ぐことだらう
昨日はもうない　人はただ疲れてゐる
貶められ　歪められた風が遠くで雪をかはかす　そのやうに此処では
裏切られた言葉のみがはてしなく安逸をむさぼり
最後の見知らぬ時刻を待つてゐる

詩篇「言葉」は、歌うように話す「母」の声で始まって、「裏切られた言葉」への絶望とひたひたと終末に沈みこむ怒りとで閉じられる。歌のような「母」の声と、その声を抑圧する「裏切られた言葉」、すなわち「声」と「言葉」の激しい葛藤が、一篇の詩のなかにくりひろげられているのである。「裏切られた言葉」への憤りはじゅうぶん社会的であろう。

帝国の戦争に裏切られ、占領軍の解放の幻想に裏切られ、戦時下と占領下とを問わず、言葉に裏切られつづけた働く若者たちがこの詩を読み、この詩を選んだ。そのように点々と詩人は読みつがれてきた。詩の予感は、詩人の死後も力を失っていなかった。

第二節　吉岡実

吉岡実（一九一九—九〇）は現代詩に屹立する鬼才である。

その吉岡を若き日に捉えた詩人が、左川ちかであった。

吉岡『うまやはし日記』一九三九年七月二七日に、「『左川ちか詩集』届く。」と、ある。一九四〇年に詩集『昏睡季節』を上梓、翌一九四一年夏、召集され、満洲に送られた。その年一二月、内地で『液体』が刊行されている。


北園克衛とピカソ、それから左川ちかの詩にふれて、造型的なものへ転移していったのである。(3)

短歌をつくるより、未知の感覚とイマージュを呼び入れるに絶好の詩型を発見したのだ。それが超現実派の詩であることがやっとわかった。なぜなら、私は唯一人の友もなく、まったく手さぐりでものを書きつづけてきたのだから。そしてわが国の作品を探した。《左川ちか詩集》、北園克衛詩集《白のアルバム》の二冊がそれから以後しばらくは愛読の書となった。(4)


『液体』所収「灯る曲線」の冒頭「廻転扉をゆるくおしたら剃刀《かみそり》が雲を切りおとしてしまう」といった一節に、その愛読の痕跡が読みとれよう。左川ちかの詩行「夕暮が遠くで太陽の舌を切る。」（「黒い空気」)、「雲の軍帽をかぶつた青い士官の一隊がならんでゐる。／無限の穴より夜の首を切り落す。」(「断片」)などと交錯する詩想がうかがわれる。

『静物』(一九五五年)所収の次の詩篇。

その男はまずほそいくびから料理衣を垂らす
その男には意志がないように過去もない
鋭利な刃物を片手にさげて歩き出す
その男のみひらかれた眼の隅へ走りすぎる蟻の一列
刃物の両面で照らされては床の塵の類はざわざわしはじめる
もし料理されるものが
一個の便器であつても恐らく
その物体は絶叫するだろう
ただちに窓から太陽へ血をながすだろう
いまその男をしずかに待受けるもの
その男に欠けた
過去を与えるもの
台のうえにうごかぬ赤えいが置かれて在る
斑《まだら》のある大きなぬるぬるの背中
尾は深く地階へまで垂れているようだ

その向うは冬の雨の屋根ばかり
その男はすばやく料理衣のうでをまくり
赤えいの生身の腹へ刃物を突き入れる
手応えがない
殺戮においても
反応のないことは
手がよごれないということは恐しいことなのだ
だがその男は少しずつ力を入れて膜のような空間をひき裂いてゆく
吐きだされるもののない暗い深度
ときどき現われてはうすれてゆく星
仕事が終るとその男はかべから帽子をはずし
戸口から出る
今まで帽子でかくされた部分
恐怖からまもられた釘の個所
そこから充分な時の重さと円《まる》みをもつた血がおもむろにながれだす　（吉岡実「過去」）

これは、左川ちかの詩篇「死の髯」の冒頭、「料理人が青空を握る。四本の指跡がついて、／――次第に鶏が血をながす。ここでも太陽はつぶれてゐる。」を想起させる。
「もし料理されるものが／一個の便器であつても恐らく／その物体は絶叫するだろう／ただちに窓か

ら太陽へ血をながすだろう」。吉岡実の詩法は、パロディという概念におさまらない残酷劇の様相を呈する。マルセル・デュシャンのレディ・メイド"Fontaine"(「泉」または「噴水」)を苦悶のあまり絶叫させ、流血させる。デュシャンが料理した(しなかった)男性の小便器の輪郭は、そういえば、アカエイの輪郭に似ているのだった。

左川ちかになくて吉岡実にあるものは、いや、左川にもあるのだが、吉岡の詩の突出した武器・凶器となっているものは待機、持続、時熟、遅延である。比べてみると左川ちかの詩語は速すぎるのだ。「少しずつ力を入れて膜のような空間をひき裂いてゆく」、吉岡実は拷問者にも似た手つきで、その時間を限りなく引き延ばす。その極限で空間は引き裂かれる。「そこから充分な時の重さと円みをもつた血がおもむろにながれだす」、引き延ばされた時間は質量と化す。血は「円みをもつ」。ミステリのような奥行きがある。

左川ちかにもおびただしい流血の詩篇があるけれども、吉岡実の流血のように、造型的で、質量を備え、時間を凝らせた物語のようなものではない。なぜなら左川ちかの詩篇の流血は、切羽詰まって引きちぎられた「私」とともにあるからだ。

第三節　木原孝一

木原孝一(一九二二―七九)は、モダニズム詩と戦後詩、現代詩を媒介する詩人、エディターだった。一九三七年一五歳の誕生日目前に、北園克衛の詩誌『VOU《ヴァウ》』に参加した。早熟な詩人は応召し、一九四四年二二歳で『散文詩集　星の肖像』の原稿を北園克衛にあずけてサイパンに向かった。輸送船が轟《ごう》沈《ちん》、九死に一生を得て硫黄島に上陸。翌年二月、米軍の硫黄島上陸を前に、病のため内地に帰還し、三月の硫黄島守備隊玉砕をまぬがれた。戦後『荒地』派のひとりとなった。『詩学』の編集者もつとめた。雑誌『詩学』に、左川ちかへの言及が多いのは木原の功績でもあろう。白石かずこに左川ちかを読むように慫慂《しょうよう》したのも木原であったという。「シュペルヴィエルやロートレアモン、左川ちかをわたしに紹介してくれたのは木原孝一だ(5)」。

砂丘では
月見草の上に星が落ちた

笛よ
狐火よ
懸崖《けんがい》の向うに
見知らぬ約束が忘れられる
海盤車《ひとで》よ
水の沙漠よ

影像が
指をひらく（6）（木原孝一「雅歌」）

戦後つくられた詩のなかに、モダニズム詩の残照がある。「海盤車」は、左川ちかが寄稿した詩誌の名に通じる。「懸崖の向うに／見知らぬ約束が忘れられる」のように約束が裏切られるという詩を、左川もしばしば書いた。「思念に遮られて魚が断崖をのぼる。」（「午後」）という左川のはげしい一行をたぐりよせてみる。

「影像が／指をひらく」という連に、「地上のあらゆるものは生命の影なのだ／その草の下で私らの指は合弁花冠となつて開いた」（左川ちか「星宿」）のエスキースを読む。

魚は知っている
水のうえには　光があるのを
海のうえには　空があるのを

ちいさな光のなかでは
過去は未来からはじまり　未来は過去にとざされる

わたしの血のなかで
一瞬　死んだ魚が泳ぎまわる

燕麦《えんばく》は知っている
空のうえには　光があるのを
土のうえに　雲があるのを

黒い種子のなかでは
まだ　うまれない生命が眠っている

わたしの血のなかで
一瞬　噛みくだかれた麦の一粒が叫ぶ

牝牛は知っている
雲のうえには　光があるのを
木のうえに　星があるのを

雲のさけめから見ると
「時」が永遠のなかを走るのが見える

わたしの血のなかで

一瞬　死んだ牝牛が走りまわる
だが　ひとは知らない
星のうえに　光があるのを
墓石のうえには　影があるのを

星と　その星のひかりのあいだには
ひとびとの亡びの「時」が沈められている

わたしの血のなかで
一瞬　死んだ精霊がわらいだす　（木原孝一「彼方」）

左川ちかは徹底した散文詩人なので、韻や対など詩の構成はあえて整えない。
高原英理《えいり》は、左川ちか「花」の「林の間を蝸牛《かたつむり》が這つてゐる／触角の上に空がある」を引いて次のように述べた。

萩原朔太郎の「蛙の死」の末尾「丘の上に人が立つてゐる。／帽子の下に顔がある。」が思い出される。

そしてここがモダニズム以前と以後の分かれ目のように思えた。

朔太郎の「帽子の下に顔がある」は当然の有様を倒錯した視線から語ることで不穏さ心許なさを引き出していた。

視線は上から下へ向かう。それを辿るわたしたちの心理も下に向かい、その先には人の顔という狭い行き止まりがあるだけである。

これに対し、左川の「触角の上に空がある」は上向きの想像を誘う。それが真に明るく心ゆく境地なのかどうかは知れない。だが、小さい蝸牛の触角のすぐ先に広い可能性の幻が見える。(7)

木原孝一には「彼方」と名付けられた詩が幾篇もある。引用の詩篇「彼方」は、モダニズムの「可能性の幻」を見せ消ちのように示している。かいまみせているものはなにごとであるのか、両義的である。「雲のさけめから見ると／「時」が永遠のなかを走るのが見える」こういう「さけめ」の焦点化、そして「時」という抽象的・観念的な無生物をあたかも生物のように主語に立て、それが「走る」という運動を現前させるという表現は、たしかに、左川ちかに通じる。「わたしの血のなかで／一瞬　死んだ牝牛が走りまわる」という、「わたし」と動物との特異な交わりも、左川の詩篇を連想させる。

左川ちかは説明も説得も試みないので、同じ形式を重ねたり、「知っている」の語句を繰り返したりはしないだろう。だが、木原孝一「彼方」の最終連「星と　その星のひかりのあいだには／ひとびとの亡びの「時」が沈められている／／わたしの血のなかで／一瞬　死んだ精霊がわらいだす」には、ざわざわと不穏な笑い、不気味なものの挑発があり、ここでも左川の詩は響いている。

木原孝一に左川ちかの読み方を教えられるような気がする。

第四節　富岡多恵子

おやじもおふくろも
とりあげばあさんも
予想屋と言う予想屋は
みんな男の子だと賭けたので
どうしても女の子として胞衣《えな》をやぶった

すると
みんなが残念がったので
男の子になってやった
すると
みんながほめてくれたので
女の子になってやった
すると
みんながいじめるので
男の子になってやった

年頃になって
恋人が男の子なので
仕方なく女の子になった
すると
恋人の他のみんなが
女の子になったと言うので
恋人の他のものには
男の子になってやった
恋人にも残念なので
男の子になったら
一緒に寝ないと言うので
女の子になってやった
〔略〕

おやじもおふくろも
とりあげばあさんも
みんな神童だと言うので
低能児であった

馬鹿者だと言うので
インテリとなり後の方に住家をつくった
体力をもてあましていた
後の方のインテリと言う
評判が高くなると
前に出て歩き出した
その歩道は
おやじとおふくろの歩道だった
あまのじゃくは当惑した
あまのじゃくの名誉にかけて煩悶した
そこで
立派な女の子になってやった
恋人には男の子になり
文句を言わせなかった　（富岡多恵子「身上話」）

竹村和子は、「近代市民社会の「正しい」異性愛」において、「あなたが欲望しているわたしは、あなたの欲望のなかにのみ存在し、そのような幻想のわたしを差し出すわたしは、つねにわたし自身の愛から疎外される[8]」と記した。

家族という、男女という、恋愛という「近代市民社会の「正しい」異性愛」交換のシステムからの逸脱を記す最初の詩集を、富岡多恵子は、『返礼』と名付けた。そこに「身上話」は収められている。「返礼」は交換の片割れではない。贈与であり、過剰である。

「男の子」／「女の子」は、「である」ものにとどまらず「になる」ものとして描かれる。相対的で連続的である。期待を裏切り、予兆を裏切って、あらわれ出る。そのとき、愛がいつでも愛ではないものにつきまとわれていることがあからさまになる。

予想や期待、毀誉褒貶、評価に反応して変わろうとするだけでは、「仕方なく」「残念」ながら、自分ではないものになるしかない。「女の子」は「男の子」に、「男の子」は「女の子」に同じ位相のうえで転じるしかないようにみえる。その変身は、抱えこんだ空虚や欠損、傷を大きくするだけである。

「近代市民社会の「正しい」異性愛」とは、女性の交換によって、男性同士の絆を深めていく社会の性愛である。女性は求愛者の欲望の対象にみえるが、男性自身はそのほかに、同性間の競争心や、その女性の家族(男たち)がもたらしてくれるであろう有形無形の財への欲望にもつきうごかされている。交換は身をすり減らす。

女の子／男の子といういっけん対称的にみえる二項対立であるが、詩篇「身上話」は、それが非対称的であり、二項対立などではないはずの差異を二項対立にみせているだけだということを、一行、一行、暴いてゆく。竹村和子をふたたび参照するなら「問題は、外性器であれ、ホルモンであれ、染色体であれ、出産能力であれ、そこに差異があるか否かということではなく、それら局所的な差異(しかもかならずしも二分法に振り分けられない差異)を寄せ集めて、明確に区分された普遍的な性の二分法に編成しなおし、それを「原因」と詐称して、その性の二分法で自己形成を説明しようとする知の体制である」(9)ということになる。だからこれにあらがう詩人は、異なるやり方で「自己形成」を表象しなければならない。

「身上話」は男性社会が与えてくれる物語に対する返礼としての物語でもある。男性社会、男同士の絆の物語は、そもそも返礼それも女性からの返礼を予期してはいない。必要としていない。その物語は、近代家族にとって暗黙の規範であり、返礼を許せば異議申し立ても許容することになってしまうからだ。詩人の「返礼」は、交換のルールを逸脱した贈与、負の贈与もしくは虚の贈与を意味する。望まれない贈与は、転じて復讐ともなりうる。

詩人の「返礼」はおおかたからは、無視され、うち捨てられることになるだろう。そうなると「返礼」は、無償の、蕩尽《とうじん》されるものとなる。だからこそ、それは詩の言葉になる。

先に述べたように、富岡多恵子は、左川ちかの「人に捨てられた」という詩語にこだわった。

女の詩に限らず、詩は「人に捨てられる」ゆえに「人を捨てる」ことでだいたいがはじまっていく。

近代詩以降の日本の詩は、男の詩の歴史である。女の詩人もいることはいたが、「男を捨て」「男に捨てられた」体験はあっても、「人を捨て」「人に捨てられた」認識がほとんどなかった。かといって、男の詩人のすべてに、「女を捨て」「女に捨てられた」のでなく、「人を捨て」「人に捨てられた」認識があったかどうかは知らない。(10)

富岡多恵子の言説の向こうに、こんな詩を想い出したりする。

不安な季節が秋になる
そうしてきみのもうひとりのきみはけつしてかへつてこない

きみははやく錯覚からさめよ
きみはまだきみが女の愛をうしなつたのだとおもつてゐる
おう　きみの喪失の感覚は
全世界的なものだ
きみはそのちひさな腕でひとりの女をではなく
ほんたうは屈辱にしづんだ風景を抱くことができるか　（吉本隆明「分裂病者」）

「女を捨て」「女に捨てられた」のではなく、「人を捨て」「人に捨てられた」のだと認識しようとすることは、この詩人にとっては「分裂病者」にもひとしい不安である。だから「全世界的な喪失」の感覚は、必死に「屈辱にしづんだ風景」へと縮減される。そのほうがまだましではあるが、それでも不安であろう。「ひとりの女」は「全世界」に連なる欲望の位置から、「屈辱にしづんだ風景」へと転位されるのだが、この「屈辱」には、競争相手の男性や、女の家族としての男性たちや、さまざまな男同士の絆の軋《きし》みがからみついている。「人を捨て」「人に捨てられた」認識から「女を捨て」「女に捨てられた」認識へと回帰しようとする時、そこに浮かびあがるのは、ホモソーシャル（男同士の親密）な絆からの疎外感である。ホモソーシャルな絆をふたたび包摂する（そこに包摂される）ことのなんともいえない不快感である。

「男を捨て」「男に捨てられた」あるいは「女を捨て」「女に捨てられた」では、恨み節でしかない。詩にはならない。ルサンチマンと詩の情念は異なる。「男を捨て」「男に捨てられた」あるいは「女を捨て」「女に捨てられた」怨みつらみにとどまる限り、交換のシステムを出ることができない。交換のシステムは、与えるものとそれと交換で与えられるもの、捨てるものと捨てられるものが、等価であるような幻想をふりまいている。けれども実のところ、「男を捨て」「男に捨てられた」あるいは「女を捨て」「女に捨てられた」この場合の交換のシステムとは、ほとんどが、男同士の絆のあいだで女たちを交換する、ホモソーシャルのシステムにほかならない。富岡多恵子はそれを「おやじとおふくろの歩道」と呼んだ。急いで歩こうが、離れて歩こうが、「歩道」は「歩道」であり、あつらえられ、敷き詰められた過去・現在・未来であり、近代家族を支える制度であることに変わりはない。

「当惑」させられ「煩悶」する。

ホモソーシャルのシステムは、女の交換にあたって、文句をつけては、買い叩こうとする。「女の子」が「立派」になること、システムから自立して、異性や「おやじとおふくろ」にも「とりあげばあさん」にも「みんな」にも文句を言わせないでいることはとてもむずかしい。評価にぐらつかない「立派な女の子」とは、それだけで過剰で逸脱した性である。

しかも「恋人には男の子になり／文句を言わせなかった」とは、「おやじとおふくろの歩道」が約束する（約束させる）強制的異性愛からの自立をも意味している。クィアな性の宣言である。

第五節　白石かずこ

白石かずこ（一九三一―二〇二四）はカナダのバンクーバーに生まれ、七歳で日本に帰ってきた。十代で詩を書き始め、『VOU《ヴァウ》』に参加した。早熟でスピード感あふれるビートニクの詩人である。白石かずこのフェミニズムは、肉食系と呼びたくなるフェミニズムだ。異性愛者としてためらいがない。左川ちかを読むようにとすすめられて、白石かずこはどのように読んだのだろうか。

> わたしは、アポリネールの『アムステルダムの水夫』や、『沖の小娘』や、リラダンや、左川ちかの薔薇《バラ》色した刃物みたいな詩のコトバにふれ、ぞっとした。稲垣足穂の『星を売る店』は、いまでもわたしの思いの中で実在の星を売る店になっている。[11]

それから、白石は次のようにも述べている。「左川ちかはモダニズムの手法と知覚で、男とか女とかの区別を超越した詩の抽象の磁場に鋭く、生のヴィヴィットな危機をうちこみ作品化した[12]」。彼女はこのエッセイで、ちょっとした勘違いをしている。左川ちかを「戦後」詩として扱っているのである。だが左川ちかの「新しさ」がもたらした、その錯覚は示唆的である。

そして白石かずこは、次のような詩を書いた。

> 3月は
> 私　のむこう側を歩いていた
> 声をかければとどくのに

だが　いつか声は犬に喰われて
私は音のない波の上を
光のようにすべっていくだけだ

3月は　振りかえると落ちる
肩の先にいた

だが　私にその時　眼がない
まなざしは　暗い谷間に犬らのように落ちて
遠い海が
舗道のように　うねりながら
私の肩を　流して去っていく　（白石かずこ「3月」）

伝統的な美観や歳時記におさまらない季節感、硬質で乾いた抒情、知的な造型への意思は、そういえば、左川ちかの詩篇にも共振するのだろう。もっともイメージが氾濫する賑やかな白石かずこの詩篇のなかで、「3月」は、やや例外的なテクストかもしれない。

「3月」という月、季節、時間をあえて「3」の数字で抽象化して主語にする。歩行、運動させる。「私」と「のむこう側」とのあいだの一文字分の空白が、「私」を客体化し、孤立を際立たせる。「むこう側」へは近づこうとしても近づけない。声をかければ届くはずだが届かない。それでいて「3月」と

「私」のあいだの距離は伸び縮みする。いつのまにか「肩の先」にいたりする。

声が犬に喰われたり、まなざしが「犬ら」のように谷間に落ちているという詩句を読むと、詩人は、英語の発想で日本語の詩を書いているようでもある。「犬ら」という複数形、その集合の形に、「葉ら」「樹ら」「私ら」といった左川ちかの複数形の使い方を想い出す。

外部に、他者に、自分自身にはたらきかける「私」の感覚、声、そしてまなざしは、動物に奪われ、あるいは動物化して奪われ、外化され、失われている。のちに白石かずこは『動物詩集』(サンリオ山梨シルクセンター出版部、一九七〇年)を上梓して、具体的な動物たちのうえに、性愛の過剰性を再配置して異化を試みた。が、「3月」は異性への気遣いなしに、「犬」「犬ら」に圧倒されがちな、流動する関係性としての「私」を繊細に描いている。

「遠い海が/舗道のように　うねりながら/私の肩を　流して去っていく」では、「私」もまた流れ去っていくのだろう。流動性としての「私」という表象も左川ちかに通じる。「遠い海」が「舗道」になぞらえられるのは、モダン都市の詩人としての白石かずこの独自性である。

第六章

左川ちか 来るべき詩人

第一節　異形の女性性とモダニズム

二〇二三年一一月二六日北海道立文学館における講演「左川ちかと同時代の女性詩人について」で、川村湊は、「モダニズムの女性詩人たちはなぜ忘れられてしまったのか」と問題提起をしている。[1]川村湊はその理由として考えられる二点を挙げた。一つは、戦後のモダニズム批判問題。たしかに吉本隆明『芸術的抵抗と挫折』(未来社、一九五九年)をはじめとして、戦争の始まりとともに実験的な表現の強度を捨てて、愛国詩や戦争協力詩へとなだれこんだという日本のモダニズム文学者についての批判は根強い。しかしながら近年の批評研究は、抵抗か国策協力かの二項対立で分断するのではなく、抵抗のなかに妥協があり、国策協力のなかにそれを脱臼させる表現がはたらくという複合的なダイナミズムを分析しようと試みている。川村が挙げるもう一点は、「女性の詩人であることで、男性優位の社会から無視され、阻害され、隠蔽されてきた」「女性の主体的な表現行為を抑圧、抑制する力が日本の近現代文学のなかで働いていた」ことである。加えて講演に続く対談では、左川ちかが「外地の文学として読まれ、そして、忘れられた」[2]というポストコロニアルの問題提起もしている。

こうした文学史的な認識に対して、中保佐和子による英訳後の左川ちかテクストの世界的な広がり、その外圧に押されたかのように始まった左川ちか再評価とあいつぐ出版、これをなんと理解したらよいのだろうか。そこには日本のモダニズム表現に対する再評価の機運があり、女性の表現の(再)発見がある。ようやく読者の時代が詩人・左川ちかに追いついたのだとしたら、それはなぜだろうか。読者の時代は、「かつて女性は抑圧されていた」という言説の呪縛からどれほど自由になっているだろうか。

左川ちかの詩篇は、左川ちかの体験と逆立するかのようである。極端な病弱、複雑な家族、病、失恋——にもかかわらず、その詩は衰弱や自己憐憫、ルサンチマンを離れている。乾いた硬質な抒情、暴力的なまでに思い切りのよい飛躍や断定、ジェンダー規範にとらわれることのないエロティシズム、動植物に新たな生命を与えるまなざし。このように数えあげてみると、詩の言葉がどこから腐食し、古びていくのか、みえてくる。左川ちかの詩は、時とともに古びる様式性から免れている。詩語のなしうる極限に挑戦している。日常にもたれかからず、自分を甘やかさない。規範的に女性のものとされた文末表現、柔らかな語り口を削ぎ取っている。誤解を恐れずにいえば、その詩は女々しくない。だからこそ、来るべき詩人たりえているのだ。

乾直恵《いぬいなおえ》は「いつの頃だつたか伊藤整君が左川さんの文章を私に示して、「この中に強烈な女性の肉体を感じないか」と言ふ意味のことを話されたことがありました(3)」と追悼しているが、乾自身はそれがどの文章だったか、記憶がはっきりしないようである。女性という経験、女性の経験はもっぱら読書行為のなかで生産される。

新井豊美は、「おそらく「女性詩」の問題はすべて、女性であることの「内容」と「形式」ということの二つの問題に集約されてくるにちがいない」と述べ、「女性であることの「現実的な内容」の問題、すなわち産む性としての女性固有の問題」「「表現における女性性」の問題、女性性の形式の問題(4)」であると前提した。女性であるがゆえに直面する現実の生活上の問題を中心的に取り上げた結果が、女性詩人の活動の周縁化につながり、そのような「内容」を前面に押し出すことに詩精神を投じたために、その作品が文学の「形式」としての強度を持ち得ない場合が多かったとも述べる。現代の読者は、新井の定義に抵抗を示すかもしれない。左川ちかの詩篇はむしろ「女性であることの「内容」と「形式」」をずらしたり、つくりかえたりして生み出された詩的イメージにその本領があるからだ。しかしながら「産む性」は産まなくとも（あるいは産まないことで産む以上に）周縁化される。

果樹園を昆虫が緑色に貫き
葉裏をはひ
たえず繁殖してゐる。
鼻孔から吐きだす粘液、
それは青い霧がふつてゐるやうに思はれる。
時々、彼らは
音もなく羽搏きをして空へ消える。
婦人らはいつもただれた目付で
未熟な実を拾つてゆく。
空には無数の瘡痕がついてゐる。
肘のやうにぶらさがつて。
そして私は見る、
果樹園がまん中から裂けてしまふのを。
そこから雲のやうにもえてゐる地肌が現はれる。（「雲のやうに」）

新井は、左川ちかを「わが国モダニズム詩の中から生まれた、女性詩最初の「現代詩人」」と、さしあたり呼んだ。左川の詩篇「雲のやうに」を引いて、「わたしは彼女の女性としての肉体の生々しいエロス、ほとんど即物的なと言えるようなその率直な表れを見ずにはいられない」と、新井は断じた。一方では「左川ちかの詩が多くのいわゆるモダニズム詩と決定的に異なっているのは、書かずにはいられない切迫した内的理由が彼女にあったことである(5)」とも述べる。新井の読みには、左川ちかの失恋や夭折といった実体験についての情報から事後的に構築されたところがある。

左川ちかを「女性モダニズム詩の先駆(6)」と位置付けたたかとう匡子《まさこ》は、そのモダニズムの質について次のように述べている。

> 左川ちかの詩は一見するかぎり、イメージをさらに斬新なイメージでつないでいく手法で、その詩語の強度といい、時には前衛的な絵画を見るように構図や時間、空間についてもことさら意識して書かれており、その洗練された詩法、イメージ、ボキャブラリーは昭和初期のいわゆる形式主義《フォルマリズム》の美学を軸とした「詩と詩論」系の詩が充溢した時代にあっても、似たようでひと味違った特異な位相を担ったと私は思う(7)。

たかとうは、その特異性・固有性として、翻訳家として触れた「ジョイスの意識の流れが無意識のうちに入ってきて左川ちかの新しいセンスを作っていった。さらにいえばベルクソンの、時間という概念を取り入れて、記憶、思い出を現実に参入させている」点を挙げている。

一方、エリス俊子は、「左川の詩のテクストを実人生の出来事に照らして読むことは、詩のことばの声を聴き落とすことになりかねない。〔略〕左川ちかの「私」は詩人左川ちかからはっきりと切り離されて、詩空間のなかで声を上げ、闘い、抗い、沈黙していった」「彼女の詩を「女性詩」として括ることは、テクストの固有の声に耳を傾けることを妨げてしまう(8)」と強調する。左川ちかのテクストの固有性、「詩の世界を構成するモチーフ」について、エリス俊子は、「驚くべき一貫性をもっている」といい、「魅惑と一体となった怯《おび》えや恐怖の感覚、それが自身の破滅に向かうことを知りながら、得られぬものを求めつづける意思とそれがもたらす痛みが極点に達したところに訪れる「死」の領域での安らぎ」を指摘する。エリスの論によれば、左川にとって「自身の経験を経験として感受することはことばを紡ぐこと」であったのであり、その意味での「経験」から絞り出されたことばが顕現している。「彼女の詩が文学言語としての強度を有し、その声が今も読者に届けられる」のはそれゆえであり、モダニズム詩としても「実験の産物」としての詩ではない、と。

新井豊美が左川ちかの「女性としての肉体の生々しいエロス、ほとんど即物的な」とも呼べるものを見出した「雲のやうに」の詩篇に関して、先に述べたように鳥居万由実は「それ自体性的に未熟なものであるが、両性具有を思わせる存在」でもある「芋虫」の表象に注目した(第二章参照)。「彼らはさなぎを脱して、天上に消えていく。ただれた目付の婦人たちは地上に取り残されている。いつも「未熟」な実を拾っているこの女たちもまた、女性性を忌避しようと欲しながら、それを果たせないでいる存在と読みとれる(9)」とも指摘する。

第二章に引用したように、鳥居万由実はジュディス・バトラーを援用している。もう一度引用しよう。

青虫の羽化は、それぞれ一回的なジェンダーパフォーマンスであり、その実践が少しずつ作中主体を閉じ込めている既存の秩序を剝がしていき、新しいものに更新される、その様子を描いていると解釈することも可能であろう。[10]

鳥居は「「生命より長い夢」――左川ちかと永遠性、そして宇宙」[11]では左川の詩篇に「宇宙とそこに明滅する生命」の「有機的なつながり」、「人間の世界を遥かに超越した、宇宙そのものの広がりにも等しいような闇、そしてそこに煌《きら》めく光」を見出している。「そこは、人間の絶望の中でも、あるいは人間が消滅してしまった後でも続いていく残余、あるいは何か大きなものの気配に満ちている。このことは、ちかの言葉が現代の私達の心にも強く響いてくる理由の一端となっている」と、ポストヒューマンの時代の詩人、左川ちかの射程に言及するのである。

左川ちかの遺稿をまとめた伊藤整、キャサリン・マンスフィールドの夫で作家・批評家のジョン・ミドルトン・マリー、ジーン・リースのデビューを助けて最初の短篇集に前書きを書いたフォード・マドックス・フォードとを並べて、中村和恵は、次のように述べる。

彼らの支持こそが彼女らを「文壇」に押し上げた力であったかのように理解する人々はすくなくなかった。だがこれらの男性文学者の権威と影響力が時間の波に洗われた現在、いまも古びない鮮烈なことばを刻んだのは誰だったのか、読む目・聞く耳を持つ者にはあきらかだ。[12]

時間の波はテクストを洗い、左川ちかの詩篇は今なお、いや、今こそ、新しい。

第二節　テクストにうながされて――詩篇の時間と空間

左川ちかの実生活の領域と、左川ちかが「経験」した詩の言葉の領域とは、シームレスに連続するもの、反映し合うものではなく、むしろしばしば逆接的な関係にあることを先に述べた。

短い詩人としての人生のなかで、左川ちかは登場の時からほとんど完成しており、つねに死をみすえるとしても、死への傾斜は時系列に沿って不可逆な道筋をたどったというものではない。左川が生涯に残した八十余の詩篇には、動物、緑、昆虫、水鳥など共通するモチーフが多い。それを読むことは、たとえば「左川ちかの昆虫」をテクスト横断的に読むというような解釈のコードを読者のうちに構築し、脱構築してゆく。コードに補完されて、より深く、一律ではない読み方、モチーフ同士を連関させる文脈の読みが可能になる。

一方で、改稿改編がたいへん多い。そちらでは、共通するモチーフの語られ方の違い、意味づけの違いを考えさせられる。それだけではなく、改稿は、相互参照によって、初出テクストの解釈の変更を求めるかにみえることがある。

翻訳家として出発した左川ちかは、自身が翻訳を手がけた原詩のモチーフ、詩語（訳語）を大胆に自詩に採り入れている。加えて、みずから紡ぎ出した詩語を異なる文脈に置き直して、その意味の変容を、新たな詩篇を生み出す原動力としている。左川ちかが、自他の詩篇を横断するアダプテーション（翻訳・翻案）とインターテクスチュアリティ（テクストの相互引用、間テクスト性）から多くの詩篇を生み出したことは、本書の第二章でも触れた。

左川ちかにとって翻訳は文字通り詩的生産の条件だった。「翻訳によって、文学は過去ばかりか未来を手にする」(13)、左川ちかの翻訳と詩作はその実践だった。翻訳向きのテクストであると同時に翻訳で満たされたテクストであった。レベッカ・L・ウォルコウィッツは、村上春樹が、最初に英語で書き始め、次にそれを日本語に翻訳したことで、自分の日本語の文体を見出したと宣言していることに注意を喚起している。そういってよければ、左川ちかの翻訳文のような詩行、その誕生の時から翻訳そのものであるようなスタイルの成り立ちは、村上春樹の世界文学に先駆けるものだった。

さらにいうなら、一篇の詩のなかでも、詩行の連なりが、一行また一行と新たな秩序、新たな文脈を生み出し、飛躍をもたらしている。たかとう匡子が「イメージをさらに斬新なイメージでつないでいく」「ベルクソンの、時間という概念を取り入れて、記憶、思い出を現実に参入させている(14)」と指摘したゆえんでもある。

イメージを並列する詩行の連続と切断に、独特の時間意識がある。たとえば詩篇「青い馬」であれば、新しい一行が、先立つ一行に新たな文脈を付け加え、新たな解釈をもたらし、多義的に読ませた。書くことによって新たな時間が構築されるのである。

松浦寿輝が、左川ちかの時間感覚について言及している。

現在形で終わっている行が多い。「何々した」という過去形の文もないわけではないけれど、一読して目立つのは現在形の「滑りおちる」「閉ぢられる」「音がする」「悲しい」「切断する」等々の現在形です。これが何か特異な時間感覚を表わしているような気がします。現在形の文の連続で言葉

が流れてゆくと、行と行とのあいだの時間関係がどうなっているのかよく分からなくなっていく。(15)

わからなさとは、先立つ解釈にひびが入り、解釈の多義性がもたらされるということである。「行と行とのあいだの時間関係」という時系列としての時間の順序(秩序)を越えた時間感覚である。

松浦は左川の詩篇「白く」を引いて「不連続感と連続感とがせめぎ合っているというか。たった七行の作品ですが、それだけでよくもこういう不思議な時間の回路を作り上げたものだと思います」と述べた。井坂洋子はこれに応じて「いろいろなイメージを出してくるモダニズム詩というのは多いんですけれども、ちかみたいにこのどこかで求心軸があるというか、詩の奥に引っ張るものがあって、それぞれのイメージがバラバラにならないという詩はなかなかありません」と発言している。(16)

芝生のうへを焔のやうにゆれ
アミシストの釦《ボタン》がきらめき
あなたはゆつくりと降りてくる
山鳩は失つた声に耳を傾ける。
梢をすぎる日ざしのあみ目。
緑のテラスと乾いた花卉《かき》。
私は時計をまくことをおもひだす。　（「白く」）

松浦は「一行一行の現在が、並列しつつ繋がってゆく。静謐で謎めいた時間が流れている」、その最後の一行は「ネジを巻いて時計を動かさなければならない、時間を進行させなければならない、と自分に言い聞かせている」「それはそのまま、行から行へと分秒を刻んでゆく詩の言葉の時間だったのではないか」と読んでいる。(17)

井坂が「求心軸」と読んだものも、左川ちかの詩の言葉の時間性、関係性にかかわるものである。(18)

さらに細部をみるなら、詩篇「白く」の並列された一行一行は、いずれも無時間の表象ではない。「ゆれ」という微細な揺動、「きらめき」の瞬間性、「ゆっくりと」の緩慢さ、すべて現在形でありつつ、速度と長短に差異がある。「失つた声」には過去の記憶の想起がある。梢を「すぎる」に時間・空間の経過があり、「乾いた」花弁にも湿っていたものが乾くまでに経過した時間の暗示がある。松浦が「不連続感と連続感とがせめぎ合っている」と指摘した詩篇は、時間の複数の様相、時間性の質の差異を並列し、その静かなせめぎ合いと転調を表現している。時間の詩篇、時間についての詩篇である。このように左川ちかの詩篇は、具象的なイメージを繰り出しつつ、形而上学的な謎を秘めたところがある。

「アミシスト」はアメジスト、紫水晶の意で、左川ちかの詩篇にちりばめられた宝石のひとつである。紫色のボタンは、二〇世紀初頭のイギリスにおいて女性参政権運動家(サフラジェット)がしばしば好んで身につけたものとして知られている。「アミシストの釦がきらめき」の詩行にはその含意がこめられているだろうか。

装身具でもうひとつ気になるのが「モノクル」である。左川ちかには「季節のモノクル」という表題の詩篇のほかに、「モノクルのマダムは最後の麺麭《パン》を引きむしつて投げつける。」(「朝のパン」)の詩行もある。紙屋牧子の示唆によれば、モノクル、すなわち片眼鏡は、装着するさいに顔の筋肉が歪むためとくに淑女には勧められないファッションだったそうである。にもかかわらずあえて女性がモノクルを掛ける場合には、レズビアニズムのアイコンとされたこともあったという。[19] このようなジェンダー、セクシュアリティのしるしについて、詩人は意識的であったのか、それとも無意識領域のシンクロニシティであったのか。顔の半面の筋肉を不自然に歪めるモノクルの女とは、「顔半面を塗りつぶした」(「昆虫」)女にも隣接する表象かとも読める。

左川ちかの詩篇の時間の錯綜については、次のような詩行も気にかかる。

緑色の虫の誘惑。果樹園では靴下をぬがされた女が殺される。朝は果樹園のうしろからシルクハットをかぶつてついて来る。（「朝のパン」部分）

「朝」という抽象的な時間の詩語が、人間のようにシルクハットをかぶって、主体化する。「うしろ」からついてくる「朝」という時間は、どのような時間だろう。「うしろ」の時間は、物語の叙法の時制をくつがえしていくものだ。

私はどこへ帰つて行つたらよいのでございませう。
昼のうしろにたどりつくためには、
すぐりといいたどりの藪は深いのでございました。
林檎がうすれかけた記憶の中で
花盛りでございました。
そして見えない叫び声も。（「海の花嫁」部分）

「昼のうしろ」は、「暗い樹海をうねうねになつてとほる風の音に目を覚ます」（84頁参照）「私」が、鳥の声にうながされて、帰っていくべき時間・場所の選択肢のひとつである。だが、朝の目覚めから「昼」の「うしろ」にたどりつこうとする欲望は、物語を紡ぎかねて、混乱し混沌とした藪の深さに陥ってしまう。「昼」の時間が煮詰められてより空間化する一方、藪の深さの空間は時間化して生ける罠となる。ここでは「昼」という時間が「うしろ」を持つ。「うしろ」を持つとすれば、前も横も持つのだろうか。目覚めの時と「昼」はどのように継起し、連なっているのだろうか。「うしろ」にすら辿り着けないというのは、いかなる「私」の遅れだろう。

そこに「うすれかけた記憶」がよみがえる。「見えない叫び声」は「記憶」のなかのものか、現在のものか、判別できない。「記憶」がよみがえるにつれて、あるいは「記憶」がうすれかけるにつれて、「私」の強度は拡散し、無人称の領域に近づいていく。藪の深い闇から、うすれかけた記憶のなかの花盛りへ、そして見えない領域へと、揺れながら、見える世界が見えない世界へと変容していく。「見えない叫び声」は誰のものであるのか、もしかしたら「私」のものであるのかも、判然としない。

あいまいである、判別できない、判然としないとはいうものの、それは、削ぎ落とされた詩語の連なりによって緻密に構築された結果なのである。そのたくらみ、その計算は、詩人・左川ちか自身の意図を越えた結果をもたらしているかもしれない。左川自身、その結果を相対的に位置づけることはできなかったかもしれない。左川ちか自身が、左川ちかの詩篇に追いついていなかったかもしれない。その限界も含めて、左川ちかの詩篇には現在的な可能性が潜んでいる。

じっさい、左川ちかは詩論、批評を饒舌に語らなかったが、「魚の眼であつたならば」（『カイエ』七号、一九三四年五月）というエッセイに次のような言葉を残している。

即ちもつと立体的な観察を物質にあたへることは大切だと思ふ。詩の世界は現実に反射させた物質をもう一度思惟の領土に迄もどした角度から表現してゆくことかも知れない。

モダニズム詩にありがちなイメージの氾濫や記号化を、左川ちかは求めなかった。むしろ詩篇にはフィジカルな物質の手触りがする。その「物質をもう一度思惟の領土に迄もどした角度から表現してゆくこと」、その「立体」性は、物質を空間の領域にとどめずに、思惟の時間のなかで表現することで得られるものである。詩人の知性がうかがわれる。

「魚の眼であつたならば」は、触発されるところの多いエッセイである。

つまらなくなつた時は絵を見る。其処では人間の心臓が色々の花弁のやうな形で、或は悲しい色をして黄や紫に変色して陳列されてゐるのを見ることが出来る。馬が眼鏡をかけて樹木のない真黒い山を駆け下りてゐる。私はまだ生きた心臓も死んだ皮膚も見たことがないので、とても愉快だ。なんて華やかな詩だ！　私は虫のやうな活字を乾いた一片の紙片の上に這はせる時のことばかりを考へてゐたから。（「魚の眼であつたならば」）

左川ちかが、同時代、一九三〇年代の絵画から豊かなイメージを汲み上げていたことがわかる。フォーヴィズム、表現主義、未来派、立体派、シュルレアリスムなどの新しい風に、美術と詩を横断して、彼女は触れていた。その受容は興味深い。読者は、絵画を鑑賞する左川のまなざしのなかに、詩篇の「心臓」「馬」「昆虫」などのイメージを読みとって、また詩のテクストへとうながされる。

馬鹿気た落書きなんだらうと思ひながら、あのずたずたに引き裂かれた内臓が輝いてゐるのを見ると、身顫《みぶる》ひがする位気持ちがよい。跳躍してゐるリズム、空気の波動性この多彩な生物画が壁に貼りつけられて、眼の前で旋廻してゐるのは一つの魅力である。（同前）

惨劇への関心、残酷趣味、暴力とうらはらの快楽、戦慄美への趣向といったものが、率直に述べられている。モダニズムの時代はエロ・グロ、ナンセンスの時代でもあった。だがこのエッセイはそれだけで終わらない。生命の破壊、タナトスの欲動が語られているだけではない。「跳躍してゐるリズム、空気の波動性」「旋廻」といった動態において、残虐な表象は「魅力」を持つ。

しかもそれは流行現象の再現といったものではない。グロテスクなものも、その残酷美も、宇宙、自然、「私」と格闘し、破壊され建設されたものである。そこには知的な分析もはたらいている。「太陽と精神内の光によつて細かに分析された映像を最も大胆に建設してゆく」（「魚の眼であったならば」）画家が、称賛されるのである。

その大胆と細心、破壊と再構築は、詩にも求められる。

色彩の、或はモチイフにおける構図、陰影のもち来らす雰囲気、線が空間との接触点をきめる構図、こんな注意をして、効果を考へて構成された詩がいくつあるだらうか。（同前）

思いつきの詩は平板で生命が短い、と左川ちかは述べる。詩人がみずからの詩に何を課していたのか、考えさせられる。左川ちかの詩が、モダニズム期の諸芸術ジャンルを横断して、そのすぐれた成果を汲みあげつつ、モダニズム詩から現代詩の方法へと突出していった様子が浮かびあがる。

左川ちかの詩語の強度、イメージの物質的な手触りは、まなざしの強度をともなっていた。実生活では視力が弱く、眼鏡にたよらざるを得なかったけれども、「眼鏡をかけてゐるといふことは物をはつきり見るためではなかつた」、とエッセイ「樹間をゆくとき」(『椎の木』一九三五年六月)は始まる。「見ることは結果を知るのではなく、現象の中の一部分の終りに達するためである」と書かれてもいる。彼女はまなざしをはたらかせることについて、次のように書く。

境界線を探すことではなく、その一本の線の両側の無数の伏線を、飛躍した視野の切断面にぴしりぴしりと、あはせてゆくことにあるのではないだらうか。ただ、その視野が近いか遠いかといふことに芸術的なリズムの高い低いがきめられると思ふ。(「樹間をゆくとき」部分)

世界の境界線をいくたびも引き直し、分節化をこころみ直し、破壊と再構築を繰り返した詩人の、境界線の両側に「無数の伏線」があるという洞察には、震撼させられる。しかもそれは世界の多様性、多義性を恣意的に指し示すだけではなく、「無数の伏線を、飛躍した視野の切断面にぴしりぴしりと、あはせてゆくこと」という精緻な方法論によって統御されている。多義的に読める、しかもそれでいてどの詩語も他の語とは交換不可能で揺るがせにできない、その上で計算を越えた効果がもたらされている、という左川ちかの詩篇の秘密が、そこにある。
しかもこれは静的な詩学ではない。「無数の伏線」の錯綜と動的連関の一瞬の均衡を「ぴしりぴしりと」と述べているのである。

第三節　左川ちかの現代性と可能性

これまでにも指摘したように左川ちかの詩篇には惨劇への傾斜がある。握りつぶされ舌を切られる太陽のような、無生物（それとも巨大な生命体としての太陽）といった対象への暴力も特徴的である。一方で、惨劇の被害者は、しばしばジェンダー化されている。

果樹園では靴下をぬがされた女が殺される。（「朝のパン」部分）

詩篇「朝のパン」では、果樹園では女が、街のカフェでは「男等の一群」が、それぞれのトポスで死を迎えている。

街のカフエは美しい硝子の球体で麦色の液の中に男等の一群が溺死してゐる。
彼等の衣服が液の中にひろがる。（同前）

あるいは詩篇「墜ちる海」では次のように「女達の一群」が消滅してしまう。

私の眼のそばから海は青い道をつくる。その下には無数の華麗な死骸が埋つてゐる。疲れた女達の一群の消滅。（「墜ちる海」部分）

近年「フェミサイド」と言説化され、可視化されるようになった、女性が女性性ゆえに暴力の標的となるという表象が、詩篇のなかできわだたされている。

黒い天鵞絨《ビロード》の衣装の裏地は緋色《ひいろ》、黄金虫《こがねむし》の指輪をしていたという左川ちかのいでたちは、現代であればゴシック調というものだろうか。ゴシック的であるのは外見だけではなかった。二階から飛び降り（「青い馬」）、痣《あざ》のある顔を廻転させ（「昆虫」）、蛾に変身する（「死の髯」）。予測不能で、破壊的で、危険なまでに制御不能な、そしてあたかも呪われたような異様（アノマリー）な女性性の身体である。女性を動物になぞらえたり、動物として扱うのではなくて、人間と動物の境界を曖昧なものとして捉えていたのだった。ひとつの詩篇のなかに、「殻」「鱗のやうな皮膚」「金属」のような、覆いつくされた、しっかりと固く閉ざされた身体性と、地殻の腫物をなめつくすような、柔らかで孔のような口を持つ身体性とが共存している（「昆虫」）のだった。あるいは生命体が「電流」「金属」と接続する機械なのでもあった。

青白い夕ぐれが窓をよぢのぼる。
ランプが女の首のやうに空から吊り下がる。
どす黒い空気が部屋を充たす——一枚の毛布を拡げてゐる。

書物とインキと錆びたナイフは私から少しづつ生命を奪ひ去るやうに思はれる。
すべてのものが嘲笑してゐる時、
夜はすでに私の手の中にゐた。　（「錆びたナイフ」）

はじまりは、窓をよじのぼる青白い夕暮れ。そして「女の首のやうに空から吊り下がる」ランプ。抽象的な外界が意思を持つものであるかのように躍動し、空から吊り下がる女の首を幻視する。オディロン・ルドンが描いた首や、葛飾北斎の「百物語　お岩さん」の提灯《ちょうちん》から覗《のぞ》く首を想起したりする。薄闇と弱い灯の対照を際立たせるのは、言葉が指し示すテクストの外部の闇と光にはとどまらない。夕暮れがよじのぼるという、詩語の連なり、詩語と詩語との自己関係性、女の首と二重写しに空から吊り下がるランプという、詩語の重層性である。比喩を形成するものがレトリックの次元を越えて実際に形象化されるという変形譚が、詩行のあいだに仕掛けられている。比喩を直叙化する強度がある。レトリックの次元を越えて、女の首とランプは、ダブルイメージを形成する詩語となって、内部と外部をいっきょに摑む。闇と光は内部にある。それは「どす黒い空気」として部屋を充たしている。

一方では、「書物とインキと錆びたナイフは私から少しづつ生命を奪ひ去るやうに思はれる。」と、揺れる「私」がそこにいる。「書物とインキと錆びたナイフ」に親しむ「私」は書く主体であるかもしれないが、そのことが「私から少しづつ生命を奪ひ去る」ようにも思われるというディレンマである。

しかしながら、「すべてのものが嘲笑」する時、「私」がすべてのものに嘲笑される時、「私」はしっかりと手のなかに夜を摑んでいる。暴力と屈辱にまみれ、読み書きによって少しずつ生命を奪いさられるような不安を抱きながらも、夜は「私の手の中」にある。夜は「ゐた」と、わずかながら、生気を帯びたものとして語られる。

夜、闇、黒い空気に親しみ、そのなかで「私」は自らを苛《さいな》み、消耗しつつ、「私」を解放する。

総ての影が樹の上から降りて来て私をとりまく。林や窓硝子は女のやうに青ざめる。夜は完全にひろがつた。乗合自動車は焔をのせて公園を横切る。(「黒い空気」部分)

影の風景のなかには、「女のやうに青ざめ」、生きもののようにまた瀕死のもののように揺らぐ「林や窓硝子」がある。その比喩のなかに女性性が息づく。

いずれの詩篇も比喩としての「女」と一人称の「私」が併存している。「女」と「私」は、等価ではなく、置き換えることができない詩語である。

詩篇「黒い空気」であれば、「私」は、「女のやうに」青ざめる林や窓ガラスから疎外され、女性性に罅《ひび》を入れられているようである。「私」に女性性を見出すか否か、その女性性の質が青ざめた林や窓ガラスとどのような差異があるのか、揺らぎがある。

これに対して、夜が完全に広がると、闇と光の対立があらわになる。対立が共存したまま、現れる。広がる夜の闇と、焔である。闇と光がせめぎ合う。光が闇を横断する。その運動の表象が見事である。闇に親しむ一方には、生気にあふれ、焔に身を晒し、視力を奪われるほどの眩《まばゆ》い光の輝きに惹きつけられる「私」がいる。「乗合自動車」「公園」といったモダンな詩語が表象する都市空間に、幻想、超自然、アナクロニズム、怪奇などゴシック的なモチーフが散りばめられている。

昆虫が電流のやうな速度で繁殖した。
地殻の腫物をなめつくした。
美麗な衣裳を裏返して、都会の夜は女のやうに眠つた。
私はいま殻を乾す。
鱗のやうな皮膚は金属のやうに冷たいのである。
顔半面を塗りつぶしたこの秘密をたれもしつてはゐないのだ。
夜は、盗まれた表情を自由に廻転さす痣のある女を有頂天にする。（「昆虫」）

詩篇「昆虫」では、「女」と「私」との関係が、もう少し複雑な動線を描く。比喩としての「女」、女のように眠る都会の夜、「私」は対照的に目覚めている。都会の夜が美麗な衣裳を裏返すのに対して、「私」には「殻」があり、「鱗」のような皮膚は「金属」のように冷たい。この「殻」は、一連の「地殻の腫物」と響きあい、「私」にも「腫物」のような病的なイメージを重ねてくる。巨視的なまなざしと微視的なまなざしが交錯する。「顔半面を塗りつぶしたこの秘密」は、誰のものでもない、「私」の秘密である。

そこに「表情を自由に廻転さす痣のある女」が登場する。比喩としての「女」から女性性に亀裂を記した「私」へ、そして「痣」を肌に刻みつけた「女」へと、螺旋を辿るように、「女」と「私」は捩《よじ》れながら転位する。

「顔半面」だけ塗りつぶされ、あとの半分はどこかあらぬ方を向いている「顔」、「表情を自由に廻転さす」顔は、モダニズムの意匠を参照するなら、ピカソやキュビズムの絵画を思い起こさせるものだろう。と同時に、あくまで「表情」の具体性が残存する「表情を自由に廻転さす痣のある女」という表象については、花田清輝《きよてる》「機械美」のサルヴァドール・ダリへの言及を引用したくなる。「サルヴァドル・ダリの作品などによつて代表される後期の超現実主義は、抽象芸術に対立し、内部の世界における具体的なものを、――つまり、包括の過程として、結果としてあらわれる具体的なものを、外部の世界におけるそれにまさるとも劣らぬほど、あざやかに定着しようと試みる[20]」。

連想はそれにとどまらず、悪魔に憑かれて首を捩じ切るように回転させる、映画『エクソシスト』(米、一九七三年公開)の一シーンを想い起こしたりする。左川ちかの詩篇の異形の女性性は、モダン・ゴシックの怪奇を想わせるからである。

第四章で触れたように、左川ちかはダンテ『神曲』に言及する場合にも、その地獄の解像度を高くすることはなかった。もとよりゴシックの幻想と怪奇にはダンテの地獄はない。煉獄も天国もない。地上の闇と恐怖である。ゴシックの幻想と怪奇はキリスト教との距離感、関係性が根底にあるので、左川ちかの詩篇にそれを指摘するのは逸脱かもしれない。だが、ここはどうしても、一九三〇年代のエロ・グロ、ナンセンスのモダニズムのモードとしてのグロテスクと一線を画して、ゴシックと呼んでおきたい。

高原英理は、「ゴシック・ロマンスのような文学の伝統も直接は関係ない」、しかしながら「スピリット」は同じ、「光より闇が気になる、正統より異端、体制より反体制、反時代、ただしそこでは様式美が何より重要、といって誰もが真似するいわゆるイケてるスタイルには興味なし、ホラー・怪奇・残酷さなどに強く反応する、自分を異形と感じる」という現代日本の「ゴス」趣味について論じている。「非日常的で過剰な装飾による白黒のファッション、サディズム・マゾヒズム、人形嗜好、自傷願望、死への接近、暗黒と頽廃への好み、といったイメージが日本のゴスである[21]」と。高原には、左川ちかに言及した『詩歌探偵フラヌール』（河出書房新社、二〇二二年）の著作もある。

あるいは現代のニュー・ゴシック、ないしはポストモダン・ゴシックについて、現実のなかの隠された部分、「魔」「闇」、バタイユのいう「呪われた部分」への積極的なこだわりを指摘する鈴木晶《すずきしょう》の所説[22]に耳を傾けてもよい。

ゴシック・ロマンスの文学伝統とは別に、現代の若い読者のゴシックハートに、左川ちかは訴えるところがある。ちなみに左川ちかの場合は、ヴァージニア・ウルフの翻訳などで直接間接にゴシックの伝統とその現代化に接触している。左川ちかの詩篇は現代において、ゴシック・ロマンスの伝統と「ゴス」趣味とのあいだを媒介する役割を果たしているかもしれない。また左川の場合は、「光より闇が気になる、正統より異端、体制より反体制」といった二分法ではなく、重複があり、揺らぎがあり、両義的であり、せめぎあい葛藤し引き裂かれていることは、これまでに述べたとおりである。

さらに小川公代《きみよ》に触発されて[23]、左川ちかのゴシックなありようについて、次のようにいうことも許されるのではないか。異端として排除され周縁化された諸力の抵抗の表れとして、ゴシック表象を再定義することができる。ゴシックに、絶対的なキリスト教信仰の時代の終焉と超自然的な出来事に直面する自然科学的なそして合理主義的な啓蒙主義的な知性の葛藤、ためらい、動揺を読むだけではなく、すなわちゴシックに近代の始まりを読むだけではなく、近代の限界をも読み取ろうとする読書行為。あるいはゴシックの主体に近代のオルタナティブを読む読書行為。そうした読書行為によって現代に呼び起こされるのが左川ちか的なゴシックのありようであると。

北園克衛が左川ちかについて「華奢の限りをつくした身体」「リラダンやフイオナ・マクラオドが描く古びた庭園や古城の廻廊にふさはしい彼女の澄んでゐるが弱い声。その澄明な弱い声が語る単純な数語が、幾多の高い哲学的思念や厳しい知見に一致する」と称賛したことは先に紹介した（第一章参照）。左川ちかの詩の始まりにあり終わりにある「ゴシック」的なるものとは、その「身体」であり「哲学」「知見」であった。それは生態系が攪乱された暗く深い詩の森のなかにあって、「高く」「厳しい」詩語の塔を構築していた。人に捨てられ、海に捨てられ、文字通り異端として排除され周縁化され、女性性に鏁《ひび》のはいった異形の詩人としての「ゴシック」的なるありようである。孤絶しているが、それでいて排他的ではなく、いつも新たな鍵をたずさえた読者の読書行為に開かれて、新たな読みを待ちうけているのだった。左川ちかの詩は、読書行為に試練を与えるという意味でも「ゴシック」的なのだった。問いと謎にみちあふれ、時に暴力的で残酷であり、読者はその詩の森、詩の迷宮、詩の庭園を戸惑い、彷徨《さまよ》い、恐怖と不安に苛まれながらも、読まずにはいられないのだった。「ゴシック」の読者は傷だらけの旅人である。

左川ちかの詩の多義性とは詩の可能性だ。左川ちかの悔しくまた傷ましい短い人生と詩業は、現代の読者にとって憐憫の対象ではない。左川ちかの言葉がそのような扱いを拒んでいる。左川ちかの言葉を解き放ちつつ読むことは、新鮮で痛みをともなう読書行為ではあるが、読者を力づけてくれる。読者は、左川ちかに未来を読む。

注

はじめに

(1)島田龍「左川ちか翻訳考　一九三〇年代における詩人の翻訳と創作のあいだ――伊藤整、H・クロスビー、J・ジョイス、V・ウルフ、H・リード、ミナ・ロイを中心に」『立命館文學』二〇二二年三月。

第一章

(1)菊地利奈編、菊地+キャロル・ヘイズ訳『対訳 左川ちか選詩集』思潮社、二〇二三年。
(2)中村和恵「ジャズ、エロス、投げられるわたし――左川ちかのミナ・ロイ」『現代詩手帖』二〇二三年一一月号。
(3)仁平政人「「翻訳」の文芸学――尾崎翠テクストの分析を手がかりに」『文芸研究』二〇一一年三月号。
(4)藤井貞和「韻律を放棄する――左川ちかの試み」『日本文学源流史』青土社、二〇一六年。
(5)以下、左川ちかのテクストの引用は、『左川ちか詩集』(川崎賢子編、岩波文庫、二〇二三年)および『左川ちか全集』(島田龍編、書肆侃侃房、二〇二二年)による。
(6)藤井貞和(注4)に同じ。
(7)坂東里美「左川ちかと翻訳(1)―(5)」(『Contralto』三〇―三四号、二〇一二年九月―一五年五月)。
(8)左川ちか(注5)に同じ。
(9)以下、西脇順三郎「室内楽」の訳文は、『ヂオイス詩集』第一書房、一九三三年による。
(10)菊地利奈(注1)に同じ。

(11)菊地利奈(注1)に同じ。
(12)西脇順三郎「気品ある思考」『椎の木』一九三六年三月。
(13)坂東里美(注7)に同じ。
(14)本山茂也「〈室楽〉——ジェイムズ・ジョイス　左川ちか訳著」『小説』三輯、一九三三年二月。
(15)*The Collected Poems of Chika Sagawa,* Translated and with an Introduction by Sawako Nakayasu, New York, Modern Library, 2020.
(16)新井豊美「近代女性詩をめぐって」一〇、『現代詩手帖』一九九八年四月号。
(17)新井豊美「近代女性詩をめぐって」九、『現代詩手帖』一九九八年三月号。
(18)新井豊美「近代女性詩をめぐって」八、『現代詩手帖』一九九八年二月号。
(19)坂東里美(注7)に同じ。
(20)フウの会編『モダニスト ミナ・ロイの月世界案内——詩と芸術』水声社、二〇一四年所収。翻訳：大久保誠、カーラー國見晃子、高島誠、高田宣子、松澤英子、柳田昌子、ヤリタミサコ、吉川佳代、吉田実登里。
(21)坂東里美(注7)に同じ。
(22)エリス俊子「飛び立つ、左川ちか　翻訳と転生」『現代詩手帖』二〇二三年一一月号。
(23)北園克衛「左川ちかと(室楽)」『天の手袋』春秋書房、一九三三年。
(24)尾崎翠「こほろぎ嬢」、初出『火の鳥』一九三二年七月号。
(25)北園克衛「左川ちかのこと」『黄いろい楕円』宝文館、一九五三年。
(26)トム・ガニング「個人の身体を追跡する——写真、探偵、そして初期映画」『アンチ・スペクタクル——沸騰する映像文化の考古学《アルケオロジー》』長谷正人・中村秀之編訳、東京大学出版会、二〇〇三年。
(27)エリス俊子「左川ちかの「私」について——魂の声のモダニズム」『左川ちか　モダニズム詩の明星』川村湊・島田龍責任編集、河出書房新社、二〇二三年。
(28)以下ヴァージニア・ウルフ『波』の翻訳は、森山恵訳、早川書房、二〇二一年による。

(29)ジャック・デリダ「ドゥルーズにおける人間の超越論的「愚かさ」と動物への生成変化」西山雄二・千葉雅也訳、『現代思想』二〇〇九年七月号参照。
(30)千葉雅也「トランスアディクション――動物-性の生成変化」『現代思想』二〇〇九年七月号。
(31)阿賀猥「海の天使」『ドラゴン in the Sea』二〇一一年八月号。
(32)富岡多恵子「詩人の誕生――左川ちか」『文學界』一九七八年八月号。
(33)藤本寿彦『周縁としてのモダニズム――日本現代詩の底流』双文社出版、二〇〇九年。
(34)川村湊「妹の恋――大正・昭和の〝少女〟文学」『幻想文学』二四号、一九八八年。
(35)島田龍「海の詩人　伊藤整と左川ちか――「海の捨児」から「海の天使」へ」『日本思想史研究会会報』二〇一九年一月号。
(36)小松瑛子「黒い天鵞絨《びろーど》の天使(左川ちか小伝)」『北方文芸』一九七二年一一月号。
(37)曾根博義『伝記 伊藤整――詩人の肖像』六興出版、一九七七年。
(38)江間章子『埋もれ詩の焔ら』講談社、一九八五年。
(39)富岡多恵子(注32)に同じ。
(40)小松瑛子(注36)に同じ。
(41)曾根博義(注37)に同じ。
(42)鈴木信太郎訳『ヴェルレエヌ詩集 四版』創元選書、一九四九年。
(43)『堀口大学全集3』小沢書店、一九八二年。
(44)堀口大学訳『ヴエルレエヌ詩抄』第一書房、一九二七年。
(45)曾根博義(注37)に同じ。
(46)内田道雄「『街と村』幻想考」『古典と現代』一九九六年九月号。
(47)全集編纂者・島田龍による伊藤整と左川ちかをめぐる論考は、注35のほか、「詩人の誕生――初期伊藤整文学と川崎昇・左川ちか兄妹」『立命館大学人文科学研究所紀要』二〇一九年一月、「詩人の終焉――〈詩とのわかれ〉と伊藤整、「浪の響のなかで」から『左川ちか詩集』（一九三六）へ」『文学史を読みかえる・論集』「文学史を読みかえる」研究会編、二〇二〇年八月、「昭森社『左川ちか詩集』（一九三六）の書誌的考察――伊藤整による編纂態度をめぐって」『立命館文學』六六九号、二〇二〇年九月、「詩人の罪と罰――伊藤整と左川ちか、「鏡の中」「幽鬼の街」（一九三七）論」『立命館大学人文科学研究所紀要』二〇二〇年一二月、「詩人の青春――伊藤整『青春』と左川ちか「昆虫」「死の髯」」『立命館文學』六七三号、二〇二一年三月、「詩人の救済――伊藤整と左川ちか、「幽鬼の村」（一九三八）論」『立命館文學』六七四号、二〇二一年七月など。

(48)右遠俊郎「曾根氏の労作を読む」『評言と構想』一〇号、一九七七年七月。

(49)江間章子（注38）に同じ。

(50)エリス俊子「左川ちかの声と身体――「女性詩」を超えて」『比較文學研究』二〇二〇年一二月。

(51)小川洋子「祈りながら書く」、初出『新潮』一九九九年一月号。

(52)小川洋子（注51）に同じ。

(53)富岡多恵子（注32）に同じ。

(54)江間章子（注38）に同じ。

(55)水田宗子『モダニズムと〈戦後女性詩〉の展開』思潮社、二〇一二年。

第二章

(1)春山行夫「グレゴリ聖歌」『花とパイプ』第一書房、一九三六年。

(2)竹村和子『愛について――アイデンティティと欲望の政治学』岩波現代文庫、二〇二一年。

(3)インターテクスチュアリティは、シンクロニシティをも包含する。左川ちかの「青い馬」が発表されたのは、『白紙』一〇号、一九三〇年八月であるのに、ヴァージニア・ウルフ『波』（一九三一年）の「彼女が彼にキスするのを見たの。見たのよ、ジニーとルイがキスしてるのを。わたしのこの辛い気持ちをハンカチに包んでしまおう。ぎゅっとまるめこむんだわ」というくだりが引き寄せられてしまう。

(4)「ヨハネの黙示録」第六章第七−八節、『パウロの名による書簡　公同書簡　ヨハネの黙示録』新約聖書翻訳委員会、岩波書店、一九九六年。
(5)ロープシン(V. Ropshin)はボリス・ヴィクトロヴィチ・サヴィンコフ(Boris Viktorovich Savinkov、一八七九−一九二五)の筆名。青野季吉訳『蒼ざめたる馬』は、冬夏社〈自由文化叢書〉一九一九年。
(6)小津夜景「雲の影のあわいに」『ねむらない樹』九号、二〇二二年。
(7)『堀口大学全集1』小沢書店、一九八二年。
(8)『堀口大学全集3』小沢書店、一九八二年。なお、『現代日本文学全集 第九三』筑摩書房、一九五七年によれば正しくは「手風琴のやうな馬車馬よ／断末魔の呼吸《いき》を引きとつて／お前はいま死んでゆく／御者《ぎょしゃ》の膝の上で／歯をむき出して笑ひながら」。
(9)小津夜景(注6)に同じ。
(10)リンダ・ハッチオン『アダプテーションの理論』片渕悦久・鴨川啓信・武田雅史訳、晃洋書房、二〇一二年。
(11)ジュリア・クリステヴァ『テクストとしての小説』谷口勇訳、国文社、一九八五年。
(12)岡本靖正・川口喬一・外山滋比古編『構造主義とポスト構造主義　現代の批評理論 第二巻』研究社出版、一九八八年。
(13)前田愛『文学テクスト入門』筑摩書房、一九八八年。
(14)ハッチオン(注10)に同じ。
(15)ジェラール・ジュネット『パランプセスト——第二次の文学』和泉涼一訳、水声社、一九九五年。
(16)水無田気流「青い近代性《モダニティ》」『左川ちか　モダニズム詩の明星』河出書房新社、二〇二三年。
(17)鳥居万由実『「人間ではないもの」とは誰か——戦争とモダニズムの詩学』青土社、二〇二二年。
(18)新井豊美「近代女性詩をめぐって」一〇、『現代詩手帖』一九九八年四月号。
(19)ルッケル瀬本阿矢『シュルレアリスムの受容と変容——フランス・アメリカ・日本の比較文化研究』文理

閣、二〇二一年。
(20)井坂洋子・松浦寿輝対談(川村湊・島田龍司会)「左川ちかの詩——死と自然、謎めいた時間」『左川ちかモダニズム詩の明星』河出書房新社、二〇二三年。標準的とされる日本語に照らした左川ちかの詩語の「おかしさ」「人工的な不自然さ」について、川村湊は、「初学者が習った英語の翻訳、それから北海道方言と標準語、そういう二つの要素がある」と推測している。
(21)萩原朔太郎「題のない歌」は、『青猫』(一九二三年)所収の以下の詩篇である。

南洋の日にやけた裸か女のやうに
夏草の茂つてゐる波止場の向ふへ　ふしぎな赤錆びた汽船がはひつてきた
ふはふはとした雲が白くたちのぼつて
船員のすふ煙草のけむりがさびしがつてる。
わたしは鶉のやうに羽ばたきながら
さうして丈《たけ》の高い野茨の上を飛びまはつた
ああ　雲よ　船よ　どこに彼女は航海の碇をすてたか
ふしぎな情熱になやみながら
わたしは沈黙の墓地をたづねあるいた
それはこの草叢《くさむら》の風に吹かれてゐる
しづかに　錆びついた　恋愛鳥の木乃伊《みいら》であつた。

(22)萩原朔太郎「さびしい来歴」『青猫』新潮社、一九二三年。
(23)山田兼士「オノマトペとリフレイン——萩原朔太郎と中原中也の愛唱性を探る」『日本現代詩歌研究』一〇号、二〇一二年。
(24)安智史『萩原朔太郎と詩的言語の近代——江戸川乱歩、丸山薫、中原中也、四季派、民衆詩派など』思潮社、二〇二四年。

(25)藤本寿彦「「左川ちか」と名づけられたテクストの魅力」『螺旋の器』二号、二〇一八年一一月。
(26)藤本寿彦(注25)に同じ。
(27)新井豊美「モダニズム詩と左川ちか」『江古田文学』六三号、二〇〇六年一二月。
(28)塚本邦雄「詩人について」『花隠論――現代の花伝書』読売選書、一九七三年。
(29)丸谷才一(一九二五―二〇一二)、『裏声で歌へ君が代』新潮社、一九八二年。
(30)西成彦「植民地の擬人法――宮沢賢治「イーハトヴ童話」を考える」『現代思想』一九九三年八月号。
(31)中村和恵「緑になげられる――菊地利奈編、菊地利奈+キャロル・ヘイズ訳『対訳 左川ちか選詩集』(思潮社、二〇二三年三月)を前に」『比較文學研究』二〇二四年一月。
(32)長沼行太郎「思考のための文章読本6 擬人法の思考」『近頃読んだ気になる本』part 10、一九九七年。
(33)竹村和子(注2)に同じ。
(34)水田宗子「モダニズムとフェミニズム/モダニズムとジェンダー――左川ちかの分身」『左川ちか モダニズム詩の明星』河出書房新社、二〇二三年。
(35)新井豊美(注18)に同じ。
(36)藤本寿彦「一九三〇年代における女性詩の表現――左川ちかを中心として」『周縁としてのモダニズム――日本現代詩の底流』双文社出版、二〇〇九年。
(37)新井豊美「女性詩の詩と「真実」」『現代詩手帖』一九九七年三月号。
(38)鳥居万由実(注17)に同じ。
(39)ジャック・デリダ『動物を追う、ゆえに私は(動物で)ある』鵜飼哲訳、筑摩書房、二〇一四年。
(40)鳥居万由実(注17)に同じ。
(41)ジュディス・バトラー『ジェンダー・トラブル――フェミニズムとアイデンティティの攪乱』竹村和子訳、青土社、一九九九年。
(42)鳥居万由実(注17)に同じ。

(43)藤本寿彦(注36)に同じ。
(44)鳥居万由実(注17)に同じ。
(45)エリス俊子「左川ちかの声と身体——「女性詩」を超えて」『比較文學研究』二〇二〇年一二月。
(46)井坂洋子・松浦寿輝(注20)に同じ。
(47)エリス俊子(注45)に同じ。

第三章

(1)鶴岡善久「左川ちかと〈死〉」『江古田文学』二〇〇六年一一月。
(2)「体」は全集編纂者・島田龍による補足。
(3)鶴岡善久(注1)に同じ。
(4)蜂飼耳「夜の殻を夜に戻せば」『図書』二〇一三年五月号。
(5)井坂洋子・松浦寿輝対談「左川ちかの詩——死と自然、謎めいた時間」『左川ちか　モダニズム詩の明星』河出書房新社、二〇二三年。
(6)ミハイル・バフチン『ミハイル・バフチン著作集　第二巻　作者と主人公』斎藤俊雄・佐々木寛訳、新時代社、一九八四年。
(7)水田宗子『モダニズムと〈戦後女性詩〉の展開』思潮社、二〇一三年。
(8)水田宗子「「わたし語り」から自己表象へ——現代女性詩の「惨事のあと」の感性　左川ちかから手渡されるもの——詩とジェンダー、その先へ」『Rim』二〇一三年三月号。
(9)クリハラ冉「中村文昭の文学空間・近代詩・現代詩の〈核〉検証(第一〇回)——左川ちかと長澤延子の魅力・魔力に沿いながら」『詩学』二〇〇六年四月。
(10)坂東里美「女性詩人のよこがお(第二回)　左川ちか——予見する未来」『詩学』二〇〇七年三月。
(11)鳥居万由実『「人間ではないもの」とは誰か——戦争とモダニズムの詩学』青土社、二〇二二年。

(12)クリハラ冉「人間という名の喩《メタファ》——女性即人間である可能性について」『現代詩手帖』二〇〇四年一一月号。
(13)水田宗子「モダニズムと戦後女性詩の展開(最終回) 終わりへの感性——左川ちかの詩」『現代詩手帖』二〇〇八年九月号。
(14)稲垣足穂『一千一秒物語』金星堂、一九二三年。
(15)エリス俊子「左川ちかの声と身体——「女性詩」を超えて」『比較文學研究』二〇二〇年一二月。
(16)暁方ミセイ「ルーニールーム——『左川ちか全詩集』夜読」『現代詩手帖』二〇二二年一一月号。
(17)佐藤弓生「少年ミドリと暗い夏の娘」『薄い街』沖積舎、二〇一〇年。
(18)井坂洋子「左川ちかと緑のたたかい」『江古田文学』六三号、二〇〇六年一二月。
(19)エリス俊子(注15)に同じ。
(20)新井豊美『近代女性詩を読む』思潮社、二〇〇〇年。新井豊美『女性詩史再考——「女性詩」から「女性性」の詩へ』思潮社、二〇〇七年も参照。
(21)エリス俊子(注15)に同じ。
(22)富岡多惠子「詩人の誕生——左川ちか」『文學界』一九七八年八月号。
(23)『エセーニン詩集 サウェート詩人選集2』素人社書屋、一九三〇年。

第四章

(1)エリス俊子「モダニズムの身体——一九一〇年代~三〇年代 日本近代詩の展開」『モダニズムを俯瞰する』中央大学出版部、二〇一八年。
(2)萩原朔太郎「手簡 左川ちか追悼」『椎の木』一九三六年三月。
(3)ジュディス・バトラー『問題=物質《マター》となる身体——「セックス」の言説的境界について』佐藤嘉幸監訳、竹村和子・越智博美ほか訳、以文社、二〇二一年。

(4)木原孝一「編集後記」『詩学』一九五五年七月号。
(5)「斉物論篇 第二」『荘子 第一冊』金谷治訳注、岩波文庫、一九七一年。
(6)尾形明子「「女人芸術」創刊から廃刊、そして「輝ク」」『女性と闘争――雑誌「女人芸術」と一九三〇年前後の文化生産』青弓社、二〇一九年。
(7)伊藤整「古典の散歩」『文芸往来』一九四九年九月号。
(8)日高昭二『伊藤整論』有精堂、一九八五年。
(9)以下、ダンテ『神曲』の翻訳は、生田長江訳『世界文学全集』第一巻、新潮社、一九二九年による。
(10)藤本寿彦『周縁としてのモダニズム――日本現代詩の底流』双文社出版、二〇〇九年
(11)新井豊美『近代女性詩を読む』思潮社、二〇〇〇年。
(12)水田宗子『モダニズムと〈戦後女性詩の展開〉』思潮社、二〇一二年。
(13)鳥居万由実『「人間ではないもの」とは誰か――戦争とモダニズムの詩学』青土社、二〇二二年。
(14)エリス俊子「左川ちかの声と身体――「女性詩」を超えて」『比較文學研究』二〇二〇年一二月。
(15)竹村和子『愛について――アイデンティティと欲望の政治学』岩波現代文庫、二〇二一年。

第五章

(1)一九四五年から五二年にかけて、敗戦国の日本は、連合国軍(GHQ/SCAP)の占領下に置かれた。一九四五年から四九年一〇月まで、連合国軍最高司令官総司令部の非公然組織であった民事検閲局(CCD:Civil Censorship Detachment)は、占領政策の浸透と思想動向の把握のために検閲を実施した。検閲の対象は、あらゆる図書、雑誌、新聞などの出版物、映画、演劇、放送番組はもとより、地方誌、同人誌などガリ版刷りの出版物も含まれていた。出版物事前検閲の場合は校正段階のゲラを二部提出させられた。CCDの解体後、歴史家のゴードン・W・プランゲ(Gordon William Prange、一九一〇―八〇)博士は、この資料の歴史的価値に注目し、検閲のために収集した資料をメリーランド大学に移管させた。これが「ゴードン・

W・プランゲ文庫」の成り立ちである。
(2)阪本越郎「野の花」『椎の木』一九三六年三月。
(3)吉岡実「読書遍歴」、初出『週刊読書人』一九六八年四月八日。
(4)吉岡実「救済を願う時」、初出『短歌研究』一九五九年八月号。
(5)白石かずこ「詩学研究会に始めていった頃」『詩学』一九八三年一一月号。
(6)山下洪文編『血のいろの降る雪――木原孝一アンソロジー』未知谷、二〇一七年。
(7)高原英理「触角の上に空がある」『ねむらない樹』九号、二〇二二年。
(8)竹村和子『愛について――アイデンティティと欲望の政治学』岩波現代文庫、二〇二一年。
(9)竹村和子(注8)に同じ。
(10)富岡多恵子「詩人の誕生――左川ちか」『文學界』一九七八年八月号。
(11)白石かずこ『青春のハイエナたちへの手紙』三笠書房、一九七〇年。
(12)白石かずこ「八〇年代と女性詩――フェミニズム運動と平行して」『現代詩手帖』一九九一年九月号。

第六章

(1)川村湊「左川ちかと同時代の女性詩人について」『すばる』二〇二四年五月号。
(2)川村湊・島田龍「左川ちかの現代性」『すばる』二〇二四年五月号。
(3)乾直恵「思ひ出すまま」『椎の木』一九三六年三月。
(4)新井豊美『近代女性詩を読む』思潮社、二〇〇〇年。
(5)新井豊美(注4)に同じ。
(6)たかとう匡子『私の女性詩人ノート』思潮社、二〇一四年。
(7)たかとう匡子「左川ちかのモダニズム詩」『左川ちか　モダニズム詩の明星』河出書房新社、二〇二三年。
(8)エリス俊子「左川ちかの声と身体――「女性詩」を超えて」『比較文學研究』二〇二〇年一二月。

（9）鳥居万由実『「人間ではないもの」とは誰か――戦争とモダニズムの詩学』青土社、二〇二二年。
（10）鳥居万由実（注9）に同じ。
（11）鳥居万由実「「生命より長い夢」――左川ちかと永遠性、そして宇宙」『左川ちか　モダニズム詩の明星』河出書房新社、二〇二三年。
（12）中村和恵「緑になげられる――菊地利奈編、菊地利奈＋キャロル・ヘイズ訳『対訳 左川ちか選詩集』（思潮社、二〇二三年三月）を前に」『比較文學研究』二〇二四年一月。
（13）レベッカ・L・ウォルコウィッツ『生まれつき翻訳――世界文学時代の現代小説』佐藤元状・吉田恭子監訳、田尻芳樹・秦邦生訳、松籟社、二〇二一年。
（14）たかとう匡子（注7）に同じ。
（15）井坂洋子・松浦寿輝対談「左川ちかの詩――死と自然、謎めいた時間」『左川ちか　モダニズム詩の明星』河出書房新社、二〇二三年。
（16）井坂洋子・松浦寿輝（注15）に同じ。
（17）井坂洋子・松浦寿輝（注15）に同じ。
（18）井坂洋子・松浦寿輝（注15）に同じ。
（19）紙屋牧子「「自転車に乗る女」のメディア表象を再考する――日本と欧米を比較して」第一八二回研究会、二〇世紀メディア研究所、早稲田大学、二〇二四年一二月二一日。
（20）花田清輝「機械美」『日本文学講座　第七巻　日本文学の美的理念・文学評論史』河出書房、一九五一年。藤井貴志『〈ポストヒューマン〉の文学――埴谷雄高、花田清輝、安部公房、そして澁澤龍彦』（国書刊行会、二〇二三年）は、ダリの方法である〈偏執狂的批判的方法《パラノイアック・クリティック》〉に着目し、それによって摑まれるイメージを「具象的非合理性」と称した花田清輝の言説を紹介する。藤井の文脈は安部公房とシュルレアリスムの関係を解く鍵としてのダリであるが、本論でもおおいに触発された。左川ちかの詩篇のイメージにダリに通じるものが指摘されていることについては、第二章に言及した。

(21)高原英理『ゴシックハート』ちくま文庫、二〇二二年。
(22)鈴木晶「ポー、ホーソーンの末裔たち」『新潮』一九九一年三月号。
(23)小川公代『ゴシックと身体——想像力と解放の英文学』松柏社、二〇二四年。
(24)北園克衛「左川ちかと(室楽)」『天の手袋』春秋書房、一九三三年。

おわりに

学生時代に白石かずこ氏の朗読会を企画したことがある。三木卓《たく》氏がとりついでくださった。颯爽としたビートニク詩人に、あのとき、左川ちかについてうかがう勇気がなかった。

川村湊氏が「妹の恋――大正・昭和の〝少女〟文学」を発表した『幻想文学』二四号(一九八八年)に、若輩の私は尾崎翠についてのエッセイを寄稿している。川村氏は尾崎翠と左川ちかを比較していらした。左川ちかという宿題は私のなかで重いものになった。

曾根博義先生には、拙著『読む女書く女――女系読書案内』(白水社、二〇〇三年)を献本した時にいただいた、あたたかなそしてユーモアあふれるお便りが忘れられない。曾根先生は伊藤整伝記研究の第一人者であり、伊藤整の視座から左川ちかを掘り下げていらした。もっとご指導を受けたかった。

二一世紀の読者は左川ちかを再発見したが、左川ちかに追いついただろうか? 左川ちかを精読するとは、左川の詩篇をモダニズムの時代にとどまらない現代の詩として、まさに現代詩そのものとして受容しなおし、対峙することだった。精読は作者の無意識の領域に踏みこむ行為でもある。読書行為は、しばしばさらなる謎を産出する行為であり、残された謎や問いも多々あるのだが、左川ちかの体験の射程、意識の射程さえも越えるそれは、未来につながる謎、やがて解読されるべき謎である。だからこそ左川ちかは二一世紀の読者にとっても未来の詩人、来るべき詩人なのだと、あらためて確認させられる。

『占領期雑誌資料大系』(岩波書店、文学編全五巻、二〇〇九―一〇年)、『定本 久生十蘭全集』(国書刊行会、二〇〇八―一三年)、『定本 夢野久作全集』(国書刊行会、二〇一六―二二年)という、資料の山に埋もれた、気の張る編纂の仕事をすすめながら、お世話になっているあちらこちらの編集者の方に「左川ちかを知っていますか」「いつもポケットに左川ちかを」とよびかけたものの、仕事として成り立たずに時間が経過した。『もう一人の彼女 李香蘭/山口淑子/シャーリー・ヤマグチ』(岩波書店、二〇一九年)を担当した清水御《み》狩《かり》氏が、岩波文庫の鈴木康之氏につないでくださって、大きく前進した。そうするうちに左川ちかをめぐる読書界の状況は大きく変化したのだが、「文庫には文庫の役割がある」とブレずに進めてくださった鈴木氏のおかげで『左川ちか詩集』は岩波文庫に収められた。この間、書きためていた左川ちか論をまとめるにあたっては、『宝塚――変容を続ける「日本モダニズム」』(岩波現代文庫、二〇二二年)担当の藤田紀子氏から懇切丁寧な助言と励ましを頂戴した。乙幡千聡氏の頼もしいご助力もあって、ついに上梓の時を迎えることができた。ここに記して、支えてくださった皆様に感謝申し上げたい。

二〇二四年九月

川崎賢子

川崎賢子
1956年生まれ．文芸・演劇評論家．東京女子大学大学院文学研究科修了．博士(文学)．近現代日本のモダニズム文学・文化研究を専門とし，『左川ちか詩集』(岩波文庫，2023年)の編者を務める．著書に，『彼等の昭和――長谷川海太郎・潾二郎・濬・四郎』(白水社，1994年，サントリー学芸賞受賞)，『読む女書く女――女系読書案内』(白水社，2003年)，『久生十蘭短篇選』(編集，岩波文庫，2009年)，『尾崎翠　砂丘の彼方へ』(岩波書店，2010年)，『もう一人の彼女　李香蘭／山口淑子／シャーリー・ヤマグチ』(同，2019年)，『占領期雑誌資料大系文学編』(共編著，同，2009-10年)，『宝塚――変容を続ける「日本モダニズム」』(岩波現代文庫，2022年)，『キネマと文人――『カリガリ博士』で読む日本近代文学』(国書刊行会，2024年)など．

左川ちか 青空に指跡をつけて

2025年2月19日　第1刷発行

著　者　川崎賢子《かわさきけんこ》

発行者　坂本政謙

発行所　株式会社 岩波書店
〒101-8002 東京都千代田区一ツ橋2-5-5
電話案内 03-5210-4000
https://www.iwanami.co.jp/

印刷・法令印刷　カバー・半七印刷　製本・松岳社

ISBN 978-4-00-061681-2　Printed in Japan